温州山水詩

2023年卷

阿 袁◎主编

中国文史出版社

《温州山水诗》编选体例

——兼"告作者读者书"

一、诗不分古体近体，其用语不分雅俗，但其前提却必须是"诗"；

一、作者不分社会地位与职业归属，一切皆以"诗作"意韵为指归；

一、作者排名不分先后，除有特殊要求者外，一律以来稿先后为序；

一、自我简介所涉社团以有民政部门正式登记为准，一般不逾两个；

一、诗人词家在书中须以自身诗词作品说话，而不必写受教育情况；

一、因目前之赛事纷纭，故一概不写获奖情况，盖不涉俗气做法也；

一、一般只写诗家职业及其所属单位职务，而社会兼职则不宜多写；

一、诗家可写上正式出版之主要专著，而在刊物发表作品则多不写；

一、书名虽署"温州"，而所涉其他地方之山水诗佳作亦适当收录；

一、原拟为每位诗家同登近照，然其中颇多不清晰，故今恕不配备；

一、倘有处理不当处，务乞鉴宥并请赐函告知，以便明年更臻完善。

2022 年 8 月 25 日

序

郑欣淼

  永嘉山水，也就是现在的温州山水，在中国文学史上历来享有盛名。自从公元五世纪的永嘉太守谢灵运任情快意地吟咏后，唐宋大诗人如李白、杜甫、孟浩然、苏轼、陆游等人就对之心仪不已，不管自身是否来过，亦常形诸笔墨，这更使永嘉（今温州）山水名播天下，千百年来，吟唱不绝。

  根据浙江省委、省政府关于"四条诗路带"中的瓯江诗路带建设的目标要求，温州山水诗的发展面临着历史性的新机遇。温州这两年所做的事不少。2021年，温州山水诗研究会成立；2022年，在中国山水诗鼻祖谢灵运任永嘉太守1600周年之际，温州山水诗国际学术研讨会召开；现在，又在中国文史出版社推出《温州山水诗》（2023年卷）。这几件大事都是在抗击新冠疫情的斗争中完成的，殊为不易。

  前人吟咏温州山水的诗词脍炙人口、历久弥新，而当代人的佳作也是满眼珠玉，美不胜收。《温州山水诗》（2023年卷）共收当代365名作者的诗词曲作品730篇。作者中既有知名的作家和学者，亦有政府官员，还有工农兵学商各界人士，难能可贵。

  此书又放宽了对所写地域的限制，即不只限于温州，而是放眼全国，凡山水诗词佳作，亦尽量收录，以使更大范围地展现祖国河山之雄奇秀美。编者认为，把温州山水放在全国范围来比对考察，就更能见出温州山水的特色及其诗作的神韵来。

这本书的收集选编工作，是温州阿袁完成的。阿袁，原名陈忠远，旅居京华二十来年，在唐诗宋词和鲁迅学方面颇有成绩，又时刻惦念家乡，这几年尤着力于温州山水诗词的发展。上述诸事，也都凝聚着他的心血。这是值得赞许的，故乐为之序。

2022 年 11 月 18 日

序于故宫清稽查内务府御史衙门旧址

自　序

余幼即喜诵传统诗词佳作。每读清人蘅塘退士所编《唐诗三百首》抑或宋人谢枋得等所选《千家诗》诸书，不由心向往之，终于见猎心喜而续有所作也。

而积稿虽说不少，唯近年为研习唐诗宋词与鲁迅诗等典籍而寝馈故纸堆，是以亦未尝以发表所作诗词为意者。第以疫情突发故，乃在辞京返温之辛丑年穀旦肇建温州山水诗研究会，拟为自身与同好之诗词流布聊尽绵薄，辄固所愿者也。

逮兹中国山水诗鼻祖谢灵运莅任永嘉太守1600周年之际，余在师友劝勉下，遴选海内各行各业作者共计365人，其诗词曲之佳者730篇，成一年诗历，命曰《温州山水诗》（2023年卷）。其间或浑厚，或空灵，或豪放，或婉约，各随作者赋性而成，初非矫异为之也。然转视前贤编选名著如《千家诗》《唐诗三百首》者，其人数固远逾之，而其才地又当何如耶？请以是编质之博雅君子！

壬寅阳月二十五日之吉

西历 2022 年 11 月 18 日

陈忠远阿袁甫自题于大罗山下瓯江畔

目　录

C O N T E N T S

◎ 郑欣淼

水龙吟·秋游富春江

富春百里风烟，萧萧秋色来天际。苍茫迭嶂，晴明岸树，沙洲禽戏。勋业孙郎，高风严子，郁家兰蕙。看古今雅韵，山川人物，浑无尽，澄波里。　　美景自应沉醉。有宏图，大痴曾绘。笔凌畦径，思通造化，赫然神似。聚讼纷纭，难分真赝，笑贻清帝。更藏传轶话，烬余合璧，岂冥冥意？

贺新郎·杭州西溪

二〇一一年五月九日，余在杭州，浙江大学张曦先生邀游西溪，因故未往，七阅月又有杭州之行，遂践前约，感而赋此。

尽说西溪好。我今来、越天清绝，孟冬秋杪。荒渚野凫舟自在，残柿枝头独老。更掩映、芦花夕照。烟水濛洄连云岭，两三声、梵寺啼乌绕。可探得，韵多少？　　看来世事真难料。俊游邀、宕延半载，这番才到。未见杂花春暮景，萧瑟秋容窈窕。莫憾惜、皆呈其妙。最是逸闻传一语，且留下、宋迹何从考？真处子，静而佼。

郑欣淼，1947 年生，陕西省澄城县人。曾任中共中央政策研究室文化组组长，青海省人民政府副省长，国家文物局副局长，文化部副部长，故宫博物院院长，政协第十一届全国委员会文史和学习委员会副主任等；此外曾任中国鲁迅研究学会会长、名誉会长，中国紫禁城学会会长、名誉会长，中华诗词学会第三届、四届会长，名誉会长等。出版《诗心纪程》《郑欣淼诗词稿·庚子增订本》等。

壬寅虎年
腊月初十

◎熊盛元

瑞安玉海楼怀古次孙仲容韵

一径苔深梦渺茫，钩沉似欲拓洪荒。
岂惟殷契空前古，墨妙何曾逊二王。

自注：清人孙诒让诗："昆仑西母事微茫，黄竹歌成已耄荒。不有骅骝千里足，只愁徐偃是真王。"

登石门最高顶怀谢客

疏峰犹可见，高馆已难寻。兀坐苔石上，万感自沉沉。徒留阳阿晞发梦，醉倚危崖独高吟。一片闲云出远岫，千年往事萦寸心。骚人同酹酒，酸泪欲沾襟。南渡衣冠剩遗蜕，西来梵呗付爨琴。回溪照虚影，阳鸟弄好音。但期灵域久韬隐，长与高朋共盍簪。红尘何足恋，真赏在幽林。应知同怀终古在，青云梯接最高岑。

自注：谢康乐《登石门最高顶》"疏峰抗高馆，对岭临回溪""惜无同怀客，共登青云梯"；《石门岩上宿》"美人竟不来，阳阿徒晞发"；《石室山》"灵域久韬隐，如与心赏交"；《周易·豫卦》"勿疑，朋盍簪"；孔颖达疏："群朋合聚而疾来也。"

熊盛元，字复初，号晦窗主人，网名梅云，1949年前夕出生于南昌，江西丰城槎市人。江西社科院文学研究所副所长、研究员，江西诗词学会副会长，江右诗社社长。曾为上海辞书出版社《元明清诗鉴赏辞典》《元明清词鉴赏辞典》撰写有关鉴赏文章，编著有《胡先骕诗文集》《二十世纪诗词文献汇编》（民国词卷）等，与人合编《中华青年诗词点评》《海岳风华集》。

壬寅虎年
腊月十一

◎郭庆华

乌龙沟长城口占三首（录一）

松壑如闻战鼓声，英雄几个取功名？
青砖不忍跟前看，怕是征夫骨铸成。

西 湖 夜 游

人生难得一忘形，唤侣呼朋卧酒亭。
顾我狂歌花失笑，怜他醉舞柳垂青。
抛钩欲钓三潭月，撒网思捞两岸星。
再戏扁舟银汉里，飘然如梦到天庭。

郭庆华，河北大学、河北师范大学兼职教授。曾任中华诗词学会理事，河北省诗词协会副会长，《燕赵诗词》主编，河北书画诗词艺术研究院执行院长。现就职于河北省政府机关。

2023.1.3 星期二

壬寅虎年
腊月十二

·3·

◎ 毛佩琦

丽水石门行二首（二首录一）

虎踞龙盘石门壮，林风猎猎展旗旌。
飞流百丈悬天外，似听当年战鼓声。

榆 林 横 山

无定河上草青青，夕阳如火照边城。
风吹草动黄沙响，恰似当年战马声。

毛佩琦，1943年生，北京人。中国人民大学历史系教授、博士生导师，北京大学明清研究中心研究员，中国明史学会副会长，北京郑和下西洋研究会副理事长，北京吴晗研究会副会长，中国国际友谊博物馆馆长，曾任国家文物局文物出版社副社长、党委书记。中央电视台《百家讲坛》"明十七帝疑案"主讲学者。

壬寅虎年
腊月十三

◎尚佐文

望 天 山

浑然弃巧奇，大朴横终古。
何以号天山？未曾经鬼斧。

瑞安山中观雾

灵风梦雨满云天，暗送蓬莱到眼前。
谁说神仙能辟谷，分明居处有炊烟。

尚佐文，浙江丽水人。现任杭州出版集团副总经理兼杭州出版社总编辑、编审。兼任中国美术学院视觉中国研究院客座教授，浙江省文史研究馆研究员，浙江省诗词与楹联学会常务副会长。出版《楹联概说》《古诗一百首》（注析）、《马一浮全集》（参与点校）、《吴昌硕全集》（分卷主编）、《俞文豹集》（点校）等。

2023.1.5 星期四

壬寅虎年
小　寒

小寒，二十四节气中的第二十三个节气，冬季的第五个节气。于每年公历1月5日至7日交节。冷气积久而寒，小寒天气寒冷，是表示气温冷暖变化的节气。小寒节气的特点就是寒冷，但却还没有冷到极致。

◎姚崇实

杜甫草堂

旧代荒村一草堂，如今风景越侯王。
朱廊彩殿时时显，异树奇花处处香。
映日碑亭人尽仰，争辉题咏典皆藏。
忧民忧国千秋颂，可见诗章胜印章。

寒 山 寺

2023.1.6 星期五

历代烟尘毁复兴，如今庙宇更峥嵘。
古碑争读相机闪，宝殿竞瞻香气萦。
楼看枫桥留暮日，阁传钟响落晨英。
平常一座寒山寺，借得诗篇千载名。

姚崇实，河北民族师范学院教授。中华诗词学会理事，河北省诗词协会副会长，河北省国学学会副会长，承德市诗词学会会长等。出版学术著作多部、诗词集一部。

壬寅虎年
腊月十五

◎曹辛华

望江南·绍兴好（五首选二）

其 一

绍兴好，春霭罩江桥。越艳桥头依柳笑，钓翁江面举兰桡。哪能不魂销？

其 二

绍兴好，冬日雁林梢。三味余香萦百草，九州是处说英豪。白雪伴红蕉。

曹辛华，1969 年生，河南巩义人。现为上海大学特聘教授、博士生导师、博士后合作导师、上海大学"伟长学者"，现当代旧体文学研究所所长，兼任中华诗词学会副会长，现当代诗词研究工作委员会主任等。《民国旧体文学研究》主编。

◎文　公

忆过福州远眺海峡

眄沧海之混茫兮，问天公岂无船。
算蟾辉之赫耀兮，兄弟竟未团圆。
对金门与马祖兮，涕不禁而潸然。

过陈宜中纪念馆与陈馆长谈某些所谓国学热者

风雨两间何处春，凭谁三百话前尘。
不知日讲国学里，真解国文能几人！？

文公，1949 年出生，客居北京。教授，干部。出版著作多种。

壬寅虎年
腊月十七

◎秦晓舟

梯子崖行吟

龙门流逸韵，引客度雄关。
野鹤衔云至，清风逐浪还。
崖危怀远意，日暮隐空山。
莫道红尘老，超然出宇寰。

春湖杂感

烟村柳岸绿微匀，浮世流年幻若尘。
劫后潇湘遗鬓雪，禅中太华隐江春。
千年诗酒千回醉，万里风霜万种新。
邀月青峰抒高意，植梅乐做五湖人。

秦晓舟，原名秦明轩，山西运城人。中华诗词学会会员。民进运城市委文化部副主委，运城市文联全委会委员。中管院教科所文化产业发展研究中心副主任，运城市诗词学会会长。作家出版社特邀编审。

2023.1.9 星期一

◎陈中苏

贺温州山水诗研究会成立

瓯水绵延雁荡横，谢公屐外有云程。
支流万派分银汉，孤屿千诗映玉衡。
自古风情礼同乐，人间世事读和耕。
乡思留取结文社，寄傲林泉过一生。

清平乐·游南雁荡山

溪横敛步，竹筏飘悠渡。拾级攀跻云关路，嵯峨近临天宇。　　碛步梳碧泉鸣，轻风吹竹牵萦。灵地双峰擎日，仰瞻伊洛先声。

陈中苏，笔名雪舟，浙江苍南人。中学高级教师。中国诗歌学会、中国儿童文学研究会、温州山水诗研究会等会员。著有儿童诗论、儿童诗歌集、儿童诗绘本、古体诗词集等九部。

2023.1.10 星期二

壬寅虎年
腊月十九

◎李利忠

小寒后二日平阳青芝山谒仰霁亭

吟到冬青不忍听，寒天漠漠雨溟溟。
越中陵寝今安在，仰霁家山尚有亭。

过南雁仙姑洞

仙姑洞外一凭栏，入眼枫香几树丹。
不管霜浓兼岁暮，要留正色与人看。

李利忠，又名李庄、李重之，浙江建德人。文学创作二级、副编审，杭州出版社编辑。著有《晒盐》《百年一瞬间》《潮的人——百年来源自浙江的中国底气》等诗文集十余种，其中《〈汉书〉人物故事》被译为韩文在韩国出版。

2023.1.11 星期三

壬寅虎年
腊月二十

◎陈福荣

楠溪道上行 （三首选一）

舒眸碧透是平流，照见滩头啮草牛。
影倒峰峦鱼戏乐，波生竹树鸟鸣幽。

龙 潭 吟 （三首选一）

两山排闼龙潭上，一水倾流沸酒壶。
壁下抬眸迎雪练，铮铮为我作欢呼！

陈福荣，1966 年出生。小学高级教师，中国寓言文学研究会会员，著有《仓颉之舞》等。此外，编著《一块小石子》《花树眼中的园丁鸟》《狮王的生日》入选 2014 年教育部推荐书目。

壬寅虎年
腊月廿一

◎曾　豪

平阳顺溪行

暖冬结伴访先贤，古镇幽幽雨后闲。
最是眉峰怜不足，峻嶒苍骨白云间。

自注：眉峰，山名，平阳县顺溪镇主峰。

苍南桥墩碗窑

寂寞山村日渐沉，幽幽夏木隐鸣禽。
龙窑驻足思怀远，一阕瓷歌唱到今。

曾豪，1956 年 8 月生，浙江苍南人。苍南中学退休教师。中华诗词学会会员，温州山水诗研究会会员。

2023.1.13　星期五

壬寅虎年
腊月廿二

◎陈开强

金 鸡 峰

延颈立山梁，啸云催起忙。

风狂卷飞羽，雨暴炼真钢。

炎夏傲丹火，严冬亮雪光。

迎宾情意切，谁不喜荣昌。

临江仙·打刀岩

翠盖岩边凉爽，牧童会聚闲聊。打刀岩上打千刀。琢描明线迹，技术看谁高。　　年复一年添补，草坪遍布精雕。短刀长剑更英豪。风吹难毁灭，雨洗识龙韬。

陈开强，浙江省诗词楹联学会、温州山水诗研究会、乐清市诗词学会会员，乐清市大荆镇雁荡吟圃诗社副会长。

2023.1.14 星期六

壬寅虎年
腊月廿三

◎余东光

蝶恋花·辛丑重阳次日与朝才登雁湖岗四阕并序（四首录一）

攀到云边愁自断。绝顶无人，长啸临高巇。快意林深听鸟啭，湖光深处生清羡。　　策杖惊飞三两雁。知是新山，旧客浑忘返。一瞥匆匆孤影远，闲愁又向云边换。

水龙吟·过显胜门

戊戌七月初九，暴雨涨溪，云山尽墨，携同窗二十余人过显胜门，仰石门壁立，风光绝胜。时适见《神雕侠侣》拍摄也。

雨余山籁重重，鸥游涌雪溪深处。森然壁立，霁云拂过，石门轻取。磴道苔边，落珠声里，远去仙侣。恰荷开青伞，蹒跚闲语，几多愿、当年许。　　只叹多情如此，有危崖、可堪青树。风流销尽，空山寂寂，青丝飘絮。人老荒村，琴断流水，剑埋黄土。怅清泠一谷，遮阴翳日，时晴犹雨。

余东光，1969年12月生，乐清大荆人。中学高级教师。现为温州山水诗研究会会员，温州市诗词协会理事，乐清市吟诵学会会长，乐清市诗词学会副会长。

◎陈 敏

游白云山

连日雨余晴，沿溪信步行。
风吹林雾散，日照涧花明。
穿径盘蛇细，隔溪啼鸟清。
雷鸣飞瀑下，话旧不胜情。

青街行吟

梅樟相抱古廊头，畲女凭栏见客羞。
最是多情睦源水，轻歌镇日绕清流。

陈敏，1964年10月生，号敏讷斋主，浙江省平阳县人。曾任平阳县委党史研究室（县志办）主任等职，平阳二轮修志主编。现为中华诗词学会会员，温州山水诗研究会会员等。

2023.1.16 星期一

壬寅虎年
腊月廿五

◎谢正勇

远浦归帆

依依晚照映山红，片片归帆近浦东。
遥望烟波渺茫处，半江渔唱半江风。

沙汀渔火

悠悠钟磬满长空，耿耿星河落水中。
渔父横江忙撒网，惊醒鸥鹭出芦丛。

谢正勇，字鬏鸿，笔名二十六画生，1983年生，浙江瑞安人。从事教育行业。中华诗词学会、中国楹联学会会员。

◎林春国

潗下行

暖阳孵得百花开，一路披荆潗下来。
细水小潭捞蚌蛤，坐看流水洗尘埃。

注：潗下，即瓯海区一地名。

龙溪漂流

2023.1.18 星期三

溪风送妹竞漂流，顺水阿哥含笑游。
骇浪惊涛无所惧，飞囊一路下东头。

林春国，浙江瓯海人。退役军人，自由职业者。

壬寅虎年
腊月廿七

◎全秋生

江 南 小 巷

江南小巷满怀春，放眼桃花独自纯。
多少寻常游子泪，谁人敢说自由身。

苗 寨 楼

依山傍水叠高楼，窗户轻开淑女愁。
苗寨千层腾细雾，欢歌一曲引灵鸥。
瓦房木简能遮丑，酒绿灯红莫泛舟。
瀑布溪流飞跃下，年年谷外盼王侯。

全秋生，笔名江上月，江西修水人。作家、编辑、书评人，全国政协民盟支部成员。著有《北漂者说》等。

2023.1.19 星期四

◎林新荣

楠溪江独坐

秋滩净洁柏林新，自悦诗翁不赠人。
桃下渔舟谁伴取，鹁鸪飞逐远山春。

仲冬与卫东兄实际寺结伴赏银杏

罗峰侧畔不胜情，一派飞霞寺宇明。
车马辚辚俱至此，只应叶落有莺声。

林新荣，温州瑞安人。瑞安市广场中学副校长。中国作家协会会员，中华诗词学会会员，瑞安市作协名誉主席、瑞安市文联兼职副主席。著有诗集散文集十余部。

壬寅虎年
大　寒

大寒，二十四节气中的最后一个节气。于每年公历1月20日至21日交节。大寒同小寒一样，也是表示天气寒冷程度的节气，大寒是天气寒冷到极致的意思。南方最寒冷的时候就是大寒节气。

◎ 王祝成

瑞安市高楼十景（十首选二）

莲沼凝香

蛙鸣雨后隐方蓬，人醉幽香露叶浓。
晴日招来花蛱蝶，暖风抱得玉芙蓉。
随缘佛在三千界，挺秀莲生十二峰。
竹影入池成翡翠，谁家大宅见遗踪。

清潭泛月

清潭泉涌武陵川，泛月临风伴管弦。
影入高楼尘外境，声翻长笛水中天。
上林寂寞照红烛，南斗阑珊起白烟。
东去归程千里远，繁星终夜不成眠。

王祝成，瑞安市人。海军航空兵干部转业，瑞安市市监局退休。中华诗词学会、中国楹联学会会员，瑞安诗会理事，中国军转民杂志社特约记者。

2023.1.21 星期六

壬寅虎年
除　夕

◎陈士彬

高明大桥附近迎夏随题

远目云垂野，江宽水贴天。
南风吹我室，落日映山田。
莲采长堤外，鱼窥小寺前。
真成常驻客，还得一归船。

安福寺遇僧

初看楼台角，斋居伴佛灯。
风寒徐袭寺，池冷快悬冰。
暮鼓随缘渡，群鸦无处凭。
满堂香客去，惟有扫坛僧。

陈士彬，1962 年生，温州市平阳县昆阳镇人。中学数学老师。浙江省作家协会会员，中国散文学会会员，浙江散文学会会员。

2023.1.22 星期日

癸卯兔年
春节

◎傅　瑜

江 心 屿

鸥鹭咕咕逐画船，江潮诗韵涌心田。
峰擎双塔东西峙，寺撰一联今古传。
海淀朝霞推雪浪，沙汀渔火破云烟。
浩然楼上凭栏眺，喜把豪情写满天。

自注：江心寺院大门两侧有宋·王十朋撰书"云朝朝朝朝朝朝朝朝散，潮长长长长长长长长消"叠字联一副。

丽 水 吟

红色老区今若何，群峦饮露挺丰柯。
春回厚地花争艳，秋至寒天果满坡。
千峡湖中翻雪浪，百山祖下淌金河。
处州四季如诗画，何况瓯江都是歌。

傅瑜，杭州千岛湖人。丽水市云和县政协原副主席。系中华诗词学会、浙江省戏剧家协会、浙江省民间文艺家协会会员，丽水市诗词楹联学会顾问。著有作品集多部。

2023.1.23　星期一

◎罗胜全

登黄龙观

罗浮峻秀世间奇，释道儒门共日辉。

玉女峰前碧林动，黄龙洞外白云飞。

遥闻葛圣寻灵药，喜遇仙姑下翠微。

一井金砂留古观，万山朝拜有玄机。

西江月·惠州西湖飞鹅览胜

岭上千花自放，山前百鹭无猜。五湖连片画屏开，乍见轻舟玉黛。　　苏子乘风归去，谢公踏梦飞来。东征将士演兵台，岂止雄关要塞。

罗胜全，常用名罗胜前。中华诗词学会、中国楹联学会会员，湖南省诗词协会理事，广东中华诗词学会常务理事、广东省楹联学会副会长，岭南儒商诗会创会会长，惠州市诗词楹联学会会长，惠州学院客聘教授。主编诗词及历史文献作品多部。

癸卯兔年
正月初三

◎王传明

梦游永嘉山水

早岁读康乐，因诗识永嘉。
人观山岭瀑，林镀海天霞。
樵子挥柴斧，渔翁泛钓槎。
醒来原是梦，遥望一咨嗟！

咏雁荡山大龙湫瀑布

好山推雁荡，其美首龙湫。
长曳千寻练，真成万古流。
崖高绝凡鸟，潭邃隐神虬。
何日携琴瑟，瀑前相唱酬？

王传明，1959 年生，山东省阳谷县人。兰州大学文学院退休教师、硕导，中华诗词学会理事，甘肃省诗词学会副会长。出版有《说梦录》《齐西野语》等。

◎廖志新

三　峡

两岸连山复拔峰，隐天遮日雾濛濛。
朝辞白帝舟乘浪，暮至江陵水挟风。
倒影回清摇半巘，素湍翻白走千骢。
哀猿长啸催人泪，峡谷声鸣接远穹。

巫　峡

2023.1.26　星期四

江水奔流阻向东，传言杜宇凿方通。
巫山云雨高唐梦，帝女晨昏翠袖风。
化草精魂言宋玉，崩滩巨浪打云篷。
湍流发怒奔群马，自古行舟历险中。

　　廖志新，1955年10月生，蜀中自贡市人。长期从事法律服务，曾获全国"自学成才"先进个人和"见义勇为"先进个人。现为中华诗词学会会员，自贡市诗词学会副会长。

◎王思雅

登西岘山参观红旗馆

遥看岭上舞长风，拾级登高向大同。
一片霞光长放眼，徐徐展帜九州红。

题高楼大京古村落

一水穿街千载奇，喧哗市井几人知。
蓝花印染棉纱被，红烛作坊烟草丝。
碾米榨油铜铁匠，烧糟酿酒黍糕炊。
黄家自古渊源厚，齿德双馨后世师。

自注：清兵部左侍郎黄体芳有所书"齿德双高"赠武状元黄茂锡匾额。

王思雅，原名思芽，笔名樵刍，1943年生，浙江省瑞安市人。中华诗词学会、中国楹联学会、浙江省诗词与楹联学会会员等。

2023.1.27 星期五

◎林必广

城山怀古

一山风雨入湘湖，难淹卧薪筹抗吴。
鸟尽弓藏急流退，几人悟得学陶朱。

踏莎行·秋题湘湖

刳木千年，扬波万顷。孙吴缔结湖桥盟。望城山郭绕烟岚，轻轻送耳声如磬。　　绿岛星光，湘堤月影。几回立雪丹砂井。换来雾潦灌桑田，秋分不觉微风冷。

林必广，平阳县基层干部。中华诗词学会会员，平阳县诗诗词楹联理事兼副秘书长，泾川诗社社长。

◎李信松

松 山 行

晨登石岭坪，雨后众峰清。
古木遮山寺，深渊响水声。
长空群鸟徙，曲径草虫鸣。
莫问君行早，闲游趁日晴。

岳溪即景

鸟响春烟过小溪，林深古道使人迷。
莫看此处多佳景，耕地离家十里西。

李信松，温州平阳人。1969 年转业，就职于温州公路管理处。爱绘画。中华诗词学会会员。

◎潘荣柳

泽雅湖即景

霞光摇漾照青树，山色苍然入画屏。
揽胜长堤何处是，清风指引上高亭。

泽雅渔归

几束落霞红野渚，一行归雁入芦花。
收钩且待沽新酒，隔岸灯明三二家。

潘荣柳，1956年生，籍贯瓯海。日常为果腹忙碌，闲时消磨文字，爱好诗文，偶有文字发表。

癸卯兔年
正月初九

◎陈藥愚

长 安 回 望

人望凌烟阁，风吹叠嶂云。
岂须说空话，我自思纷纭。

罗峰回望吟

风云白鹿自鸣城，每报东南吾浙成。
今日大罗山下水，何因重伴读书声？

自注：罗峰下原多书院。

陈藥愚，江北岸人。教师，唐宋文学研究者。

2023.1.31 星期二

◎莫　言

温州乐清雁荡山（二首录一）

雁荡药工巧如神，飞檐走壁踏青云。
探得长生不老草，献给天下多情人。

游 楠 溪 江

青山巍巍绿水长，都说仙境楠溪江。
为使人间烟火在，偶烧稻草也无妨。

2023.2.1　星期三

　　莫言，原名管谟业，1955 年 2 月生，山东高密人。中国作家协会副主席，首位中国籍诺贝尔文学奖获得者。现为北京师范大学教授兼国际写作中心主任等。幼时辍学放牧，其后参军并爱好文学。著有《透明的红萝卜》《红高粱》《天堂蒜薹之歌》《食草家族》《酒国》《檀香刑》《四十一炮》《生死疲劳》《蛙》等。其《红高粱》因被张艺谋改编为同名电影并获西柏林国际电影节金熊奖而爆大名。

癸卯兔年
正月十一

◎范诗银

卜算子·从正蓝旗到瑞安

天宇纵斜阳，与我同奔走。染过金莲一片红，染过金樽酒。　　原上雨如花，海上云如柳。高铁飞驰如电波，又握东嘉手。

凤栖梧·仙侣峰

地火轻将沧海改。好个苍岩，悄把同心解。休嘱云烟施粉彩，记它山誓诚堪待。　　风月无时无眷睐。抛弃流光，守住痴情态。原本人间真可爱，可怜真爱千秋在。

范诗银，笔名石音、巳一、苍实，1953 年生。空军大校军衔，曾任空军航空兵某师副政治委员。现为中华诗词学会常务副会长，中华诗词杂志社社长，国家语言文字工作委员会委员等。出版《天浅梦深》《响石二集》《响石斋诗词》《虹影集注评》《诗银词》《石音集》。

2023.2.2　星期四

◎郭星明

临江仙·小康之年过江心屿

八百里裁山水色，瓯江一梦尤酣。无边光景绿拖蓝。苍茫云海处，龙舞玉珠含。　孤屿千秋飞击棹，东西双塔如帆。星移斗转未曾耽。于今添胜概，我亦力同参。

摸鱼儿·丙申过瑞安梅雨潭读朱自清《绿》

问人间，绿为何物，魂牵梅雨潭下。拼将梦里陈词语，翻与穷天荒野。才作罢。睡起再挑灯，总把平庸怕。今番喜夏。共碧水同来，青山毕至，汗向彩云洒。　奔雷响，苍翠飘摇直泻。飞花游目无暇。一汪清澈深如海，恰是女儿初嫁。惊且诧。珠溅了，浓妆淡抹麒麟驾。葱茏倒挂。映岩石峥嵘，春秋妩媚，醉撷好图画。

郭星明，1963年生，浙江杭州人。教授、高级工程师。中华诗词学会理事暨散曲工委委员，浙江省诗词与楹联学会副会长兼散曲工委主任，浙江省之江诗社社长。拥有"诗词格律审查"软件著作权。

◎顾文显

文成游诗六首之九溪漂流（选二）

飞槎窜跃挟云烟，一片惊呼落九天。
笑你衣衫谁湿透？瑶台露重比龙涎。

夜半邻床直喊牛，原来梦里说飞舟。
应怜夕照催人返，魂魄依然水上游。

　　顾文显，1949年生于青岛，1962年远徙吉林农村。当过生产队会计、中小学教师、白山市群众艺术馆文学部主任。现为中国民间文艺家协会会员，吉林省作家协会会员。出版专著26部，5部电影剧本被搬上银幕。

癸卯兔年
立　春

　　立春，二十四节气中的第一个节气，于每年公历2月3日至5日交节。干支纪元，以寅月为春正，立春为岁首。立春，大地回春，终而复始、万象更新，在传统观念中，立春具有吉祥的含义。

◎邓寿康

跨湖夜色

千载湘湖月，银光照晚亭。
舟摇三尺桨，水漾一天星。
夜静霓虹美，波清思绪宁。
风高传远古，吹笛过沙汀。

念奴娇·韶阳楼怀古

凭栏骋目，望三江似带，长天澄碧。迭翠林涛翻卷处，四合苍凉音笛。如画江山，纷纭万象，引绪驰无极。曲江千载，尚留多少遗迹。　　忍报新筑韶阳，诗吟夜宴，醉我疏狂客。但怆云楼林立里，不见古城香色。风采孤零，湮尘风烈，直使人叹息。重光风度，问君期待何夕！

自注：在韶州古城，原为纪念张九龄之风度楼、侯安都之风烈楼皆已无陈迹，惟纪念余靖之风采楼孤立于市井之中耳。

邓寿康，字莽然，号高阳狂客，斋号醉月轩，广东乳源人。现为广东岭南诗社理事，韶关市诗词与楹联学会理事。

癸卯兔年
元宵节

◎杨毓楼

雨中玉龙山（二首录一）

玉龙山雨尽生烟，翠色横流接海天。
净洗奇岩金灿灿，忽闻此处识狐仙。

泗溪廊桥

香樟偎抱入琼楼，廊跨泗溪宾笑游。
通体无钉皆是木，不知能否又千秋。

杨毓楼，昵称碧海蓝天，1962年2月生，临海市括苍镇人。教师。与人合编《数学教学200问》《语文教学200问》。

◎赵丽娜

雁荡山大龙湫

峡谷风涛翠碧摇，一经雨润更生娇。
龙湫怒下银绸舞，玉骨翻飞石壁消。
坐望悬流敲水面，行知妙墨出山腰。
谁知梦境曾来此，饱看英雄射大雕。

江心屿

行船一刹到江心，孤屿开怀迹可寻。
漱石凌波参古寺，扬晖染黛入幽林。
门前联句忘时解，亭畔孟楼逢客吟。
回瞰鹿城踪半掩，传情忍道暮云深。

赵丽娜，女，辽宁庄河人。山西省太原市六十一中教师。中华诗词学会、山西省诗词学会等会员。

2023.2.7 星期二

◎张密珍

华顶归云

群峰寒叠翠，日色半阴晴。
桂子崖边落，松云壑底生。
禅林花满径，山寺月微明。
坐望星辰近，凭虚万象清。

双涧回澜

塔影凌空碧，涛声响万松。
远山青叠叠，古寺翠重重。
双涧峰前合，三贤梦里从？
欲寻高士迹，台岳漫扶筇。

张密珍，女，1969 年生，天台县委党校高级讲师。浙江省诗词楹联学会理事，台州市诗词楹联学会副会长，天台县诗词楹联协会会长。台州市"四个一批"文化人才，全国社科先进工作者。

◎王朋飞

庚子年十二月十八日登江心屿望瓯江（有序）

余家洛阳，时值疫发，乃留温度岁；且携二友游江心屿，见瓯江浑浊似黄河，感而有作。

孤屿登临惊岁晚，斜阳独立感怀新。
多情最是黄河水，辗转天涯为故人。

自注：人言瓯江上游清澈，下游浑浊似黄河。又，谢公有"怀新道转迥，寻异景不延"之句。

2023.2.9 星期四

题鸣沙山月牙泉

天溶弦月水光碧，山作鸣沙云色黄。
最是敦煌留恋处，驼铃声里认吾乡。

王朋飞，1992年生，河南洛阳人。现为温州大学人文学院讲师。

癸卯兔年
正月十九

◎余国华

为拍摄某影片登江心屿选外景作

疑是蓬莱出水宫，晴川万顷灼春融。
村烟城树接瓯北，客子游仙过屿东。
双塔朝暾光转翠，一江夕照水摇红。
今来着意搜全景，好撷琅玕入画中。

雁荡湖览胜

远闻已久愧来迟，一览真容醉欲痴。
踏遍灵岩寻胜迹，喝开方洞探幽姿。
岫烟喷日霞缠雾，危石飞泉瀑击枝。
每恨苍穹遥不及，谁知雁荡即天池。

余国华，笔名溪言，网号长茅后裔，湖北省阳新县人。原来从事文化宣传，21 世纪初从事电影制片、监制、宣发工作。现为中华诗词学会、湖北省诗词学会会员等。

2023.2.10 星期五

◎周再权

过水堂赏荷花

爱莲说罢自沉吟，感慨成诗昏晓侵。
不染尘埃谁解语，难为妖媚我知音。
高情岂合时人意，清气惟舒君子心。
拟得濂溪个中趣，水堂一盏对花斟。

过桐浦见油菜花节感怀

江浦逍遥昨及今，文光瑞气共登临。
云开笑语千家乐，日照芸苔万顷金。
且喜寻香君得力，不辞酿蜜我劳心。
高情还是东瓯客，风咏诗章月抱琴。

周再权，字西蒙，瑞安人。超达汽车配件有限公司、浙江超达汽车配件有限公司董事长。中华诗词学会、中国楹联学会、浙江省诗联学会等会员，瑞安市诗词楹联学会副会长，同时兼任温州市围棋协会、乒乓球协会副会长。

2023.2.11 星期六

癸卯兔年
正月廿一

◎朱四祥

秋逢多雨正焦焚，忽报环游换脑筋。
入眼青松波浪涌，开心红叶景光分。
山重有意藏佳境，庙静无心惹乱云。
却说荷飘千万里，直从征雁一声闻。

沁园春·武汉颂

　　三镇连襟，九省通衢，两水勒缰。喜琴台弦起，知音唱晓；东湖吟罢，兰草飘香。黄鹤横吹，晴川互和，学府书声邀雪霜。呈祥瑞，看神奇九凤，展翅翱翔。　　江城秀丽无双。历桑海神椽书雅章。赞汉阳枪械，敌顽惊惧；武昌首义，帝制湮亡。工运中心，抗倭圣地，历史湍流巧引航。期明日，更追求卓越，再创辉煌。

　　朱四祥，湖北省武汉市人。中学高级语文教师。湖北省中华诗词学会会员，武汉市作家协会会员。

癸卯兔年
正月廿二

◎黄孟炜

龙腾虹川

春潮鼓荡树葱茏，抚景山原兴倍浓。
野杖攀萝生故事，扁舟逐水访遗踪。
高低蝶影花间舞，远近泉声笛里逢。
自是家园多起色，千年古邑欲腾龙。

忆旧游·雁荡春思

忆当年啸侣，近悦遐来，举止同风。莫负黄梅雨，忽晴川流翠，隐见长虹。遥瞻飒然飞渡，霞嶂响洪钟。又牧海烹鱼，边歌边舞，意醉情融。　　浓浓。问音讯，惜玉佛门清，沪渎城封。恤浦江荒友，拟眸明心静，体态从容。何妨疫去天朗，邀约骋游踪。再把盏龙湫，观音雁荡，搴撷芙蓉。

　　黄孟炜，网名学海苇航，1952年生人。曾支边北大荒八年，后创办企业。平常喜欢格律诗词、散文、书法。系中华诗词学会会员，乐清市诗词学会会员。

2023.2.13　星期一

癸卯兔年
正月廿三

◎姚宪民

登岳阳楼

名文题记誉千秋，我敬先贤上此楼。
天畔风烟来眼底，人间忧乐涌心头。
有功黎庶浑身勇，无道朝堂满面羞。
青史不泯真志士，洞庭无尽看江流。

长相思·青泥岭

秦道难，蜀道难。九折千回傍石峦，青泥何屈盘。　　忆诗仙，叹诗仙。一曲长歌誉万年，略阳名胜传。

姚宪民，1948年11月生，陕西三原人。曾任咸阳市高级职称评委会专家组组长，三原诗词学会名誉会长。

◎王巨山

〔双调·沉醉东风〕圣水湖畔

嘎嘎冷活鱼摆尾，喷喷香老酒装杯。小伙纯，姑娘美，杠杠地雪域人追。一见钟情在哪飞，敖包会查干圣水。

自注：圣水湖畔，即查干湖，在吉林省松原市前郭县境内。

套数〔南吕·一枝花〕青顶山①上苍鹭飞

河源苍鹭飞，青顶冰花帅。上头流瀑布，下面是花宅。端的春来，恁个和谐爱，犹如风景台。这山坡遍地花黄，那山腰朦胧暮霭。

〔梁州第七〕看苍鹭双双戏腮，赏黄花片片张开。这山这水原生态。涛声阵阵，白雪皑皑。炊烟袅袅，日影歪歪。踏春光青顶开怀，恋青山苍鹭归来。是千年古镇河源，流万载伊河墨彩，任今春汇集人才。宝钗，玉台。河源端的金银镇，苍鹭戏山外。好似佳人恁的乖，好戏连台。

〔隔尾〕河源小镇春山爱，苍鹭冰花春色来。青顶宾朋聚人脉。聚财，聚才，整个河源像通海。

自注：青顶山，在吉林省伊通县境内，是长白山余脉，有"小长白山"之称。

王巨山，吉林省长春市人。高级职称。中华诗词学会会员，吉林省诗词学会理事，深圳诗词学会顾问。

癸卯兔年
正月廿五

2023.2.15 星期三

◎吴志森

夜游荡口古镇

深巷青灯外，乌篷载客频。
小桥明月在，曾照旧时人。

周庄印象

板石小桥千瓦雨，枕河故屋万檐风。
橹声欸乃徐徐近，堕入江南图画中。

吴志森，1970年后生，广州市人。广州市花都区芙蓉诗社会员。

2023.2.16 星期四

◎李国坚

浦江日景

浦江日色来，万里碧烟开。

流水歌金缕，浮云蹈玉台。

山空升鸟语，寺静落尘埃。

千朵黄花笑，还邀酒一杯。

登鹤顶山望浮云有感

暖日熔金镀浦江，春云合璧砌闲窗。

卅年已负桃花债，万里今归锦绣邦。

白鹤映心长结对，青山照我漫成双。

便将细细孩童舌，且学关关布谷腔。

李国坚，1975年4月生，温州市苍南县沿浦镇人。现就职于苍南县水务集团排水有限公司。文学爱好者。

2023.2.17 星期五

◎杨长华

千年调·洞庭湖

　　身登岳阳楼，极目洞庭水。浩渺烟波万顷，气吞天际。湖风习习，远岫笼青翠。帆影远，雁影斜，云影丽。　　重湖万载，文事载青史。更有潇湘八景，李杜诗美。范公忧乐，报国添情致。沐金风，听渔歌，心已醉。

沁园春·鄱阳湖

　　浩渺烟波，万顷流碧，千种风情。看葫芦藏玉，星墩落照；天鹅展翅，鞋岛登瀛。湖口如门，石钟似锁，水石相交传妙声。最堪赏，是绮霞尽染，归鸟齐鸣。　　鄱湖自古闻名。写不尽、往来多废兴。有滕王高阁，子安挥墨；朱皇列舰，友谅崩城。陶令携锄，青莲望瀑，逸韵千年雅意盈。漫感叹，听渔舟唱晚，飘入云亭。

　　杨长华，网名临窗听雨，江苏盐城人。中华诗词学会、江苏省诗词协会会员，盐城市诗协楹联委秘书长，盐城市作家协会会员。

2023.2.18　星期六

癸卯兔年
正月廿八

◎陶永德

雁荡山云关

一扇天门半向西，风推月过把头低。

云涛似雪堆星岭，黛色如霞满壑堤。

烦雨狂淋山里转，愁烟乱涌眼前迷。

惟凭栈道悬崖外，脚踏光明赋远兮。

雁荡山卧龙谷

峡谷深深未见龙，惟听涧水响叮咚。

湖平碧涨千秋月，壑隘青藏万岁松。

抖去苍烟扶栈道，携来秀色倚仙峰。

幽幽总是迷情雨，更有山花几百重。

陶永德，网名冰城雪鹰，黑龙江省肇东市人。中华诗词学会、黑龙江省诗词协会会员。

2023.2.19　星期日

· 50 ·

癸卯兔年

雨　水

　　雨水，二十四节气中的第二个节气，于每年公历2月18日、19日或20日，到3月4日或5日结束。雨水时节，气温回升，冰雪融化，降水增多。雨水和谷雨、小雪、大雪一样，都是反映降水现象的节气。

◎董九林

临江仙·谷雨山乡游

谷雨已来春又去，池塘绿柳相留。牡丹芍药满汀州。夜来多好梦，全是在层楼。　　踏遍山乡寻乐土，五湖春水情柔。劝君一醉古今游。桃源书里事，取代此时忧。

谒金门·马路中间一朵花

春风至，一朵花儿正美。枕在路中车马地，恐被人来毁。　　绽放花枝风戏，绿叶多情相倚。好梦一春谁唤起，家山千万里。

董九林，北京市朝阳区人。中华诗词学会会员，诗词论坛首席版主。

2023.2.20　星期一

◎王剑文

秦皇驿道怀古

雄兵悍马接云间，呼啸旌旗拥晋关。

将相归来留白骨，倩谁记取太行山。

桂枝香·游井陉两山实践创新基地

陉关瞩目，正枫好涛红，群山堆簇。冶水平铺似镜，鹭鹈凫浴。秋阳里、苇丛摇曳，似翻书，让来人读。古城兴盛，苍岩叠翠，千言难足。　　忆往昔，民人受戮。幸县府乾坤，扭转车毂。根治群山，生态首评荣辱。优调种植催黄菊，果红梨岩品牌逐。前程灿烂，何需细说，看斯民福。

王剑文，冀井陉西葛丹人。井陉诗词楹联协会副会长、常务理事。

2023.2.21 星期二

◎詹廷省

读朱自清《绿》题仙岩梅雨潭

山抱葱茏水蕴情，洞藏故事石犹灵。

眼前飞瀑晴兼雨，潭里垂峰暗复明。

一段奇文一段绿，百年佳话百年亭。

从来流水无颜色，只是人间有自清。

阿袁按：此盖进退格也，是编中聊备一体耳。

临江仙·永嘉潘罗印象

岁月悠悠如过隙，哪堪倒转时光。白岩尖下有农庄。共觞分岁酒，把盏祝安康。　　修竹老槐疏影里，石墙磨臼春坊。雀歌流水曲清扬。山坡青草翠，又见放牛郎。

詹廷省，笔名老迁，1965年生，温州市永嘉桥头镇人。系中华诗词学会会员，中国散文学会会员。

2023.2.22　星期三

◎窦小红

携父参观台北 101 塔有感

直刺云霄百变生，耸身万里远嚣声。
名山大海俯观久，只有清风堪等平。

中 山 桥

一架飞虹气势雄，依山白塔转为工。
横城识得边关月，都入沧桑史册中。

窦小红，甘肃省兰州市人。系中华诗词学会会员，甘肃省诗词学会会员，兰州市西固诗词学会会员。

2023.2.23 星期四

癸卯兔年
二月初四

◎康彩兰

温州谒文天祥祠

乘风思上江心屿，未卜江心逢胜处。
苔绿阶除春自芳，影深堂奥荫长仁。
一舟直欲寄河山，孤注惜难延豆俎。
有待歌行起壮吟，寸衷向远云天去。

胡氏大院

朝拥祥云暮拥霞，雪溪深处有人家。
风吹百载从知冷，院合三围诚可夸。
意绪飘零多寂寞，山川辉媚志繁华。
重楼拾级见蛛网，几度沧桑檐上斜。

康彩兰，女，山西省朔州市人。中华诗词学会会员，山西省杏花诗社副社长，朔州市诗词学会常务副会长兼秘书长。

2023.2.24 星期五

◎向明月

雁荡山大龙湫咏（十首选二）

飞泉万载落云暝，一线银河泻翠屏。
山势倒垂千丈瀑，天门斜对两峰青。
龙湫洗钵寒生水，虎穴开关夜有星。
欲借清风消俗虑，更从何处觅金经。

鹧 鸪 天

飞瀑龙湫一布悬，空山雷雨两山间。唤来白日上方顶，洗出清潭彻底鲜。　　尘虑尽，好风还，依依不舍有云天。水仙已是人间客，世代春秋送暖寒。

向明月，四川三台人。曾任四川省青川县文教局长、青川县委统战部长、政协青川县委员会副主席。中华诗词学会会员，四川省作家协会会员。

2023.2.25　星期六

癸卯兔年

二月初六

◎刘井海

长　江

东西横贯一长河，折曲回环日夜歌。

野马奔腾三峡浪，蛟龙起舞五湖波。

八千子弟抛肝胆，百万雄师举戟戈。

阅尽古今成败事，忍看史话付吟哦。

水调歌头·咏艾山

　　形似九龙卧，苏北一名山。浅沟深谷，起伏辗转似蛇盘。白玉浮雕大道，佛塔喷泉音乐，生态已还原。铁路与公路，脚下八方连。　　仙人湖，燕子树，怪石滩。神工鬼斧，如画风景自天然。唐建华严僧寺，明筑艾山尼庙，屈指已千年。人说泰山好，我爱下邳巅。

　　刘井海，1953年生，吉林省松原市人。现赋闲在家，打过工，教过书，种过地。爱好格律诗词。

◎吴海晶

水调歌头·西湖印象

一勺江南水，梦浸数千年。柳腰莺语佳丽，移步响钗鬟。水酌山舫龙井，十景参差点缀，春晓鬶晴鸢。寺隐飞来石，鱼乱藕花湾。　　白娘子，苏小小，柳屯田。传奇不老，月老祠下系良缘。于墓岳坟醑酒，白傅坡仙吟啸，胸胆每惊澜。最爱雷峰塔，夕照醉湖山。

高阳台·金华八咏楼

帆影双溪，翠屏叠嶂，危台托举名楼。翘翼重檐，云烟往事勾留。东阳太守登高赋，八咏诗、累煞箜篌。易安过，一绝为魁，笔力清道。　　歌台舞榭真何有，想千年兴废，牵动乡愁。宴饮飞花，太平官吏轻浮。几曾乱世烽烟炽，记婺江、血泪奔流。莫凭栏，满目斜阳，难系归舟。

吴海晶，网名卫风硕人，河南洛阳市人。中国石化作协会员，河南诗词学会理事，洛阳老年诗词学会常务副会长。

2023.2.27　星期一

癸卯兔年

二月初八

◎安 若

听戏五马街古戏台

南曲清音未有闻，千年曼妙好风熏。
非缘北国无从识，犹隔瓯江一段云。

清平乐·五马街之夜

东瓯城老，旧石铺长道，五马啸鞍追逸少，惹尽游人留照。　　南戏夜幕初开，山伯相送英台。一曲相思婉转，清风明月徐来。

自注：逸少，即王羲之也。据闻柳宗元《柳河东集》记载"王逸少（王羲之）出守永嘉（今温州），庭列五马，啸鞍金勒，出则控之，故永嘉有五马坊"。待考。

安若，实名袁秀芬。女，20 世纪 70 年代生人，山西省晋城市高平市人。自由职业者，喜好诗词书画，系山西省诗词学会会员。现居北京。

癸卯兔年

二月初九

◎周啸天

柳梢青·三苏祠

三苏名重，岷江源远，眉山如画。遥想当年，一门双桂，伊人初嫁。　　去来弹指匆匆，惜风月，悠闲无价。唤起词仙，衔杯屏妓，为予清话。

自注：《茶余客话》："东坡平生不耽女色，而亦与妓游。凡待过客，非其人，则盛女妓丝竹之声，终日不辍，有数日不接一谈，而过客私谓待己之厚。有佳客至，则屏妓衔杯，坐谈累夕。"

2023.3.1 星期三

凤凰台上忆吹箫·咏珍珠滩瀑布

光生碧海，色幻瑶池，算来此水仙居。想清凉无汗，玉骨冰肤。一袭香丝撒地，簪不得、欲倩人梳。晴犹雨，恍闻天语，上善无鱼。　　怡愉。这回去也，倚马可千言，率尔操觚。似泉流万斛，文出三苏。记取惊湍直下，如乱溅、乐府群珠。乘清景，作诗火急，逸失难摹。

周啸天，号欣托，1948年5月生，四川渠县人。四川大学文学与新闻学院教授，安徽师范大学中国诗学中心研究员，第六届鲁迅文学奖诗歌奖得主；曾任中华诗词学会副会长。著有《绝句诗史》《中国分体文学史（诗歌卷）》《历代分类诗词鉴赏》（十二种）《诗词赏析七讲》《诗词创作十日谈》《周啸天谈艺录》《将进茶——周啸天诗词选》等。

癸卯兔年
二月初十

◎高　昌

访红色昇光村

手揽沧桑足踏风，摘星播火慨慷中。
何家桥畔人清立，绽出心花一色红。

踏莎行·西湖新咏

柳浪歌清，平湖梦软。三潭印月秋波转。是谁负手断桥边，斜肩一把相思伞。　　浅笑甜甜，深情款款。晴光潋滟熏风暖。荷花香里画船轻，烟堤送得云天远。

高昌，1967年生，河北辛集人。现任《中国文化报》理论部主任，《中华诗词》杂志主编，中华诗词学会副会长，中国作协诗歌委员会委员等。著有《公木传》《玩转律诗》《玩转词牌》《百年中国的感情气候》等。

◎陈信勇

为永嘉百丈瀑题照

飞流一线下昆冈，虹似绫罗雾似霜。
我见山川如旧爱，山川岂不作新妆？

石 梁 感 怀

远去尘埃就紫霞，天台山后可为家？
一陂荒土存金菊，半亩清池种藕花。
岭上轻风飘古乐，林间重雾隐新茶。
平生了却青云梦，倦鸟回还尚未遐。

　　陈信勇，1963 年 6 月生，浙江永嘉人。现任浙江大学法学院教授、民商法硕士点导师组组长，兼为浙江省法学会常务理事、学术委员会委员，浙江省民法学研究会会长，杭州市法学会常务理事、学术委员会委员等。出版有《社会保障法原理》《法律社会学教程（第二版）》等专著。

2023.3.3 星期五

癸卯兔年
二月十二

◎竺国良

游贵州桃花涧

亭联意趣到春堤，一抱清流碧菜畦。
不是苗歌情入耳，桃花涧作若耶溪。

过泰顺仕水碇步

一行石堞仕溪横，齿影平分漱水声。
铺满红霞青濑里，暮归人踏彩云行。

竺国良，浙江奉化人。久居古城西安。已退休多年，高级工程师，曾任建筑
设计研究院院长。出版过多种传统诗集。

◎倪立信

普陀山秋日晨景

推窗露正浓，晓月伴晨钟。
秋色三千里，红枫染几重。

题 舥艚港

舥艚港口美名扬，独领瓯南鱼米乡。
吟友晴空诗百首，渔夫晚照酒千觞。
何须马北柳遮影，自是乾头槐送香。
常恨英雄无觅处，东山周畔忆周郎。

自注：马北、乾头、东山周，均为所属地名。

倪立信，温州龙港市人。平生有从教、从军、从政经历，现任苍南县文联副主席兼秘书长。

2023.3.5
星期日

癸卯兔年
二月十四

◎吴亚卿

浩 然 楼

巍峨双塔俯瓯江，忆孟怀文日月长。
正气凛然文信国，高风卓尔孟襄阳。
曾经履迹山同仰，各有声名世并芳。
胜地从来多掌故，由人乘兴话平章。

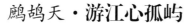
鹧鸪天·游江心孤屿

取道温州夙愿偿。遥瞻孤屿塔成双。文山正气传千古，谢守清怀任短长。　　烟缭绕，庙堂皇。重新胜概待慈航。偶然风雨偏饶兴，少长同游乐未央。

吴亚卿，号未立斋，浙江德清人。系中华诗词学会发起人之一，中国楹联学会名誉理事，浙江省诗联学会顾问，浙江省辞赋学会名誉会长，浙江省楹联研究会名誉会长等。

癸卯兔年
惊　蛰

惊蛰，二十四节气中的第三个节气。所谓"春雷惊百虫"，惊蛰的意思是天气回暖，春雷始鸣，惊醒蛰伏于地下冬眠的昆虫。

◎邵　勇

小　龙　湫

六月江南细雨霏，天河倒泻白龙飞。
猴丹未就金炉圮，千尺珠玑耀翠微。

水调歌头·杭州湾跨海大桥

假日驾车去，为睹夺天工。长桥横卧清波，大海架飞虹。欲赴蓬莱访胜，却笑扶桑求寿，取宝探珠宫。曲线美如画，倩影映晴空。　　嘉兴南，慈溪北，近吴淞。连绵百里，秦皇鞭石绝途通。何惧钱江潮涌，哪管鲸鲵击水，百码过如风。登塔一遥望，全景赏游龙。

邵勇，号山阴客、游心斋，笔名勇哥，1971年生，萧山临浦人。萧山第一中等职业学校高级教师。现为中华诗词学会，浙江诗词学会会员、萧山区诗词楹联学会理事。

2023.3.7　星期二

癸卯兔年
二月十六

◎ 王旭东

题瑞安景福寺（三首录一）

数息残阳绕经远，花香缥缈过禅林。
喧喧啼鸟佛堂外，隐隐禅钟沁客心。

慈溪方家河头村

小桥老屋水潺潺，修竹檀栾耸碧山。
最是俗尘车马远，沧桑谁识鸟关关。

王旭东，1974 年 10 月生，北京市密云县人。中华诗词学会会员，北京诗词学会会员，密云作家协会会员。

2023.3.8 星期三

◎颜　静

大 罗 山

瓯越名山谁与同，神灵一气地天通。
取来沧海蛰龙脊，捻作玄都射虎弓。
梅雨潭心风煦润，茶王洞口树葱茏。
诗文代有摩崖勒，更写人间万世功。

南 仙 垟

2023.3.9 星期四

时光不止影浮沉，恬淡三垟尚可寻。
溪涧纵横花径密，亭台上下柳桥阴。
泥香醉鸟痴蛙鼓，水净催鱼闲鹭吟。
莫道城头幽梦远，何关洪武柏森森。

　　颜静，1957 年 10 月生，原籍衡阳祁东，迁居永州祁阳。一生中当兵、种田、教书、从政，如是而已。

◎叶永度

南 鹿 岛

碧海仙人住，连天一色清。
浪花千百朵，谁不爱涛声。

浙南乡村春日所见（二首录一）

浙南美景不须夸，翠岭传歌值采茶。
几处蜂儿恋桃李，谁家燕子映云霞。
水牛耕作秧针嫩，旱鸭奔忙月影斜。
最是农家娶新妇，一村碧树发红花。

叶永度，字松海，杭州市西湖区人。离休干部，高级经济师，喜爱诗书画。
浙江省诗词与楹联学会、中华诗词学会会员。有专著出版。

◎林中竹

仲夏中魁村荷塘夜色

节奏蛙声悦耳听，柳林疏处赏飞萤。

荷花也解游人意，特送清香到小亭。

一剪梅·过泰顺廊桥

初览廊桥气势雄。涧卧长虹，虹立轩宫。双溪四面画图重。山在云中，云在峰中。　细看廊桥智慧融。上也精工，下也精工。构思奇特赞声同。游兴浓浓，诗兴浓浓。

林中竹，1946 年 12 月生，苍南县马站镇人。历任初中语文、历史教师。系中华诗词学会会员，浙江省诗联学会会员和温州山水诗研究会会员。原为温州诗联学会理事，苍南县诗联学会副会长。

癸卯兔年

二月二十

◎陈福鼎

回竹乡智仁老家有作

竹乡翠掩听啁啾，忽忆清溪绕四周。
倦鸟尚知旧巢外，不堪岁月任东流。

咏平湖秋月

平波滟滟远山幽，湖雨潇潇飞白鸥。
秋兴何妨歌达旦，月明笛里断桥头。

陈福鼎，1978年3月生，浙江乐清人。温州山水诗研究会会员。交广传媒集团特邀总编，高等职业教育文秘专业讲师。先后任最高检中国检察出版社音像中心编辑，中国网传媒副主编。编著、主编书刊6册。现定居杭州。

◎曹江宁

玉龙山与冰雪诗友共赏白桐花

细雨因谁恣意侵，白桐枝上问知音。
虽非寒腊雪花落，却似玉龙云路寻。
昔日相逢宁异志，今朝离别话同心。
虽分南北千山远，却有真情向远吟。

白 柯 湾

风雨欲来雷电鸣，烟云争处隐奇兵。
周旋赣北一师劲，再战浙南千里惊。
不忘初心移大众，甘流热血寄深情。
将军顺势燎星火，助统江山享太平。

　　曹江宁，网名南京江宁，江西省庐山市人。中华诗词学会会员，庐山市诗词
学会（五柳诗社）常务理事，庐山市陶渊明研究会副秘书长。

2023.3.13 星期一

癸卯兔年
二月廿二

◎叶向阳

孟楼潮韵

月朗风清孤屿行，孟楼开阔翠微横。
远山默默闲云立，近水滔滔禽鸟鸣。
安澜低吟卷碎雪，瓯江远望听涛声。
销魂潮韵心潮起，天籁禅音动我情。

翠微残照

一抹残阳坠翠微，落霞似锦紫烟霏。
晚风习习闲云散，暮霭沉沉倦鸟归。
塔影横斜浮翠鸟，水波跳跃耀金辉。
江潮滚滚东流逝，尚有青山相与依。

叶向阳，原名叶建东，号虚和，浙江温州人。中学语文教师。中华诗词学会会员，中国散文学会会员，中国寓言文学研究会会员。

2023.3.14　星期二

◎董士熔

过大罗山

车走大罗巅，敲诗石作笺。
晴岚堪醉客，松下抱琴眠。

游飞云湖

悠然一幅胜游图，棹得轻舟惹客呼。
绛树千龄环碧岸，澄波百里狎青凫。
渊明遗世空栽菊，范蠡浮生错泛湖。
雨过新阳山濯秀，休风习习枕诗壶。

董士熔，网名弄斧人，1949年10月生，温州龙湾人。木工。中华诗词学会会员，中国楹联学会会员，温州山水诗研究会会员。

◎孙　睿

元旦登永嘉最高峰大青岗即兴

元旦庆新岁，青岗喜可攀。
直登两千米，远眺九重山。

与诸友过国安寺谒默行师次阿袁兄韵

宝塔凌云元祐年，九山八海感无边。
鼓钟阵阵空瓯越，紫气重重出瑞烟。
万法护诸金色界，十方证得国安篇。
释门谈燕生禅悦，勘破前非即是仙。

自注：国安寺石塔建于北宋元祐五年（1090 年），塔高九层，系青石仿木结构，
六角楼阁式，台基雕"九山八海"纹，须弥座，塔身浮雕佛像1026 尊，亦称千佛石塔。

附：阿袁《与诸友过国安寺谒默行师》
午后天晴新一年，重逢禅悦感无边。
青峰掩映遥升日，金地葱笼忽出烟。
叙旧何尝辞半亩，开新自喜赋三篇。
花红又此罗峰畔，皓质应知月下仙。

　　孙睿，笔名壶山。1970 年 2 月生。从海军转业后在永嘉县教育局、卫计局、
大若岩镇人民政府等单位工作。现任永嘉县委巡察组专员，温州山水诗研究会会员、
温州市作家协会会员。

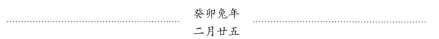

癸卯兔年
二月廿五

◎楼晓峰

温州五马街记游

琴堂无事息官司，绝辔超尘五马驰。
形胜东瓯三百里，归来诗兴满城池。

渔歌子·永嘉楠溪江放排

百里江清洗客尘，沙鸥浮水欲亲人。下渔浦，过江村，无帆无桨不劳神。

楼晓峰，1958年生，浙江遂昌人。系中华诗词学会，中国楹联学会会员，浙江省楹联研究会、丽水市诗联学会理事。

◎王方弦

过泗水廊桥

乡关十里客纷纷，姊妹虹桥卧石垠。
梦里依稀故人至，一篙烟水一篙云。

沁园春·秋夜宿泰顺故里

遥夜吟魂，但知源远，曲水回澜。忆崎岖云岭，墟连竹里；逶迤沟壑，霞缀篱边。宿鸟栖音，飞花无令，却数当年睡梦间。痴相望，奈芳华伤逝，几度人还。　　半生羁旅难言。多少事、无端满眼前。把一樽浊酒，寸怀忐忑，此心恍惚，顾影凄然。谁解婵娟，自怜酩酊，怕见深秋憔悴颜。空低首，算踌躇满志，都付桑田。

王方弦，曾用名王永胜、王周泉，网名乌饭子，笔名溪竹逸士、弦子、墨雪，1973年生。系中华诗词学会，温州山水诗研究会等会员。

2023.3.18　星期六

◎虞克有

剪 刀 峰

合掌分开变剪刀，自然锋利出云霄。
且将梦想当成纸，裁出江山万里娇。

大 龙 湫

疑是银河决口开，雪涛狂卷挟风来。
此生自有凌云势，欲洗人间万里埃。

虞克有，1956 年 7 月生，浙江丽水市人。中华诗词学会会员，浙江省诗词与
楹联学会理事，丽水市诗词学会常务副会长。

2023.3.19 星期日

癸卯兔年
二月廿八

◎能愿法师

天童寺礼圆瑛大师明旸大师赵朴初居士塔

芳名垂宇宙，灵骨宿名山。
月寂清辉冷，霜凝梅魄寒。
春秋多惋慨，风雨共悲欢。
唯剩前尘影，留人仔细看。

九华山莲花佛国

几度莲花国，长闻大士名。
九峰如汉阙，平地化王城。
何得菩提住，安成大愿行？
山中虽一宿，乞请转无明。

2023.3.20 星期一

能愿法师，1982 年出生，2000 年出家，原籍福建福鼎。现为龙港市佛教协会副会长，龙港市东林福寺住持、龙港市作家协会理事，龙港市文联委员。出版《诗僧对韵》等。2021 年获得少林寺方丈释永信大师印可，获传少林寺曹洞正宗法卷。

癸卯兔年
二月廿九

◎陈一冰

瓯江月色

江滨夜静浪相加，孤屿灯霓映月华。

筛影流辉人倚竹，偕朋举盏脸飞霞。

九天玉带穿瓯邑，一颗明珠嵌永嘉。

景色宜人堪驻步，笑他骚客自频夸。

罗浮雪影

丽色侵眸意象加，江南江北共年华。

罗浮山上观朝日，来雪亭边沐晚霞。

望远凌波心坦荡，扶筇留影景清嘉。

犹思六出飞瓯邑，天地无尘岂不夸。

陈一冰，又名陈燕燕，浙江温州市人。温州市交运集团公交公司退休。现为中华诗词学会会员，浙江省诗词楹联学会会员，温州山水诗研究会会员等。

2023.3.21 星期二

癸卯兔年
春 分

春分，二十四节气中的第四个节气，于每年公历3月19日至22日交节。春分在天文学上有重要意义，南北半球昼夜平分，自这天以后，太阳直射位置继续由赤道向北半球推移，北半球各地白昼开始长于黑夜。

◎周玉湘

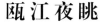

瓯江夜眺

江滨十里尽流辉，桥舞长虹水舞霓。
翠敛红收犹紫黛，龙飞凤举忽高低。
蜿蜒汀际珠宫隐，缥缈云端阆苑迷。
倚槛闲人频指点，忘情不觉月偏西。

泰顺廊桥

休问何时守一方，寒林深涧雾茫茫。
取材就地多杉木，接榫无钉固檩梁。
奇巧凌空亲日月，殷勤迎客避风霜。
惯看百态路人过，最喜丰年话短长。

周玉湘，1946年生，浙江温州人。中华诗词学会会员，温州山水诗研究会会员等。曾为温州市区小学数学教师十年，后调入温州市长途汽车运输公司职工学校从事工会工作。

◎朱玉贵

古皇天书

石上留书本异常，相传岩腹宝山装。
谁能解得书中谜，自有黄金出此乡。

广化晨钟二首（选一）

佛门曾向学童开，不读经书为育才。
破壁残垣成记忆，谁知我亦庙中来。

朱玉贵，网名南山，瑞安人。公务员。浙江省诗词与楹联学会会员，温州市诗词与楹联学会会员。曾校注《痧症指微》等。

癸卯兔年
闰二月初二

◎张黎华

温州九山湖

九山环作斗星图，亭榭凌波夜月孤。
也有六桥烟与雨，前人称作小西湖。

苏小小墓

湖月为裳识水神，六朝韵事旧遗尘。
西泠添得三分色，拜了英雄拜玉人。

自注：与小小墓为邻者有岳飞、张苍水墓。

张黎华，温州泰顺人。中华诗词学会会员，中国散文学会会员。

2023.3.24 星期五

癸卯兔年
闰二月初三

重阳与爱娟游松台山

此前半纪少年心，摄技求知美自寻。
宝塔七楼光耀世，仙家一井水滋阴。
品茶雅室清香味，赏曲花亭白雪音。
相约老妻身健好，名山携手广登临。

临江仙·狮子岩滨水咖啡屋

仙子凌波光潋滟，画船憩泊江中。举头窗外棹朝东。云天清美，山碧树随风。　　三五友朋今有约，凭栏远揽飞虹。琴清韵古入苍空。低吟浅饮，烦抱顿舒通。

朱国庆，1944年生，永嘉人。曾任永嘉县人民医院党委书记，永嘉县第十届、十一届、十二届人大常委会委员。中医主任医师，温州市名中医，温州市中医药文化学会名誉会长。现为中华诗词学会会员。有诗集出版。

癸卯兔年
闰二月初四

◎孙连忠

石　塘

石屋渔村竞野航，长城新筑避风塘。

曙光初照金滩里，又喜凯歌鱼满舱。

洗 心 亭

修竹青林石径深，亭台幽静鸟鸣音。

闲来相约笑谈事，忘却风尘一洗心。

孙连忠，浙江温岭人。现为中国书法家协会会员，中国文艺评论家协会会员，中国楹联学会会员，中华诗词学会会员，中国散文学会会员等。

◎孙彦学

徂徕山山梦

地僻市朝远，幽居对夕曛。
松风袭午梦，花雨湿春云。
罗袜踏岚气，衣襟带鹤纹。
欲朝钟吕去，问道解尘氛。

自注：徂徕山，传为钟离权与吕洞宾曾所经之处。

访太白遗迹不见

因闻竹溪事，来访隐仙宫。
积翠生平野，浮云横远空。
漫游尘世外，恍入画图中。
幽迹怅难觅，吟怀付晚风。

孙彦学，字艺通，号锦秋子，1996年生，山东滕州人。现为聊斋诗社副秘书长。

癸卯兔年
闰二月初六

◎张国栋

题江心屿

清风吹皱水，孤屿秀千重。
澄鲜谢公语，绝爱水涵空。

过狮子岩

一舟江上横，暮色水喧声。
若得谢公至，同行白鹿城。

张国栋，河南周口人。温州山水诗研究会会员。青年学者，企管专家，系庆祝共青团建团一百年《一路追光》《燃青春》等歌曲词作者。曾出版《以权破局》《竞争拐点》等个人学术专著七部。现居北京。

2023.3.28 星期二

◎夏敬渺

点绛唇·金乡狮峰春满

　　松茂园林，花香鸟语双飞燕。七星泉畔，山水长流远。　　四月芳菲，春色迷人眼。东风恋，狮峰缱绻，春满江南岸。

沁园春·游金乡古城绿道

　　古卫千秋，日月同辉，空水澄鲜。念地灵人杰，物华天宝；乾坤朗朗，岁月翩翩。鲤水穿城，狮峰迎旭，十里方圆春万千。君知否？恰东南气象，瓯越风烟。　　如今名士乡贤。添锦绣、兴修绿道边。赏红枫绿柳，白梅翠竹；廊桥惬意，榭阁悠然。汀芷芬芳，水光潋滟，萃取诗情别有天。须自叹，这瀛洲形胜，天上人间。

　　夏敬渺，1969年1月生，浙江苍南人。高级教师。系中华诗词学会会员，浙江省诗词与楹联学会会员，温州市作家协会会员。

2023.3.29　星期三

癸卯兔年
闰二月初八

◎翁仞袍

访九都五垞垟

五里长龙气，半村莲藕花。
鱼游荷叶动，鸟语柳枝斜。
古井含清镜，空山积翠霞。
蝉音催我别，携手上高衙。

梧 溪 颂

六角圆亭高阁古，碧梧溪畔尽游人。
大师堂落松梢月，丞相祠浓石洞春。
波上拱桥连两岸，柳前阔道走千轮。
昏黄小院重修整，半亩方塘喜作邻。

翁仞袍，字吉夫，号银宝，浙江文成人。曾任乡镇小学校长，小学高级教师。现为中国硬笔书法协会会员，一级书法师，中华诗词学会会员，浙江省诗词与楹联学会等会员。

2023.3.30 星期四

◎扈超峰

行香子·洪河湿地公园

枫染洹城，诗赋闲情。赴洪河、湿地携行。翩翩鸥鹭，袅袅笛声。喜一堤柳，一湖静，一湖清。　　此身渐老，鬓发飞星。几消磨、书剑飘零。江湖载酒，逆旅曾经。品黄粱熟，梦儿醒，梦儿轻。

水调歌头·太平镇

消暑太平镇，满目是青青。山前碧水环绕，倦鸟亦和鸣。争挽西天彩练，舞得骚人雀跃，妩媚幻银屏。曼妙谁知会，仙阙梦轻轻。　　沉浮事，春秋里，寄人生。林泉有约，诗心月魄结商城。幸矣同侪在望，小镇琼楼筑梦，夜半笑声盈。感味心头热，不忘老君行。

扈超峰，别号马颊河、东篱客、诗雨等，别署慕雪堂，客居邺下。中华诗词学会会员，安阳市诗词学会副会长。

◎ 王　骏

龙湾钟秀园诗词采风次韵阿袁过贞义书院诗

瑶溪雨色罗山影，重遇溪山笑点头。
好酒斟来偏适意，新诗吟出顿忘忧。
玉龙身跃一湾浪，诗路名传四百州。
滨海飞歌歌不断，风流今古两相犹。

自注：好酒，指龙湾麦麦酒；四百州，宋时天下有州三百余，后以其成数"四百州"指我国全境。

附：阿袁《过贞义书院重晤王骏周晰二会长》

瑶溪风日古来优，碧水潆洄柳拂头。
披雾沧桑一心感，拎云花草百身忧。
公怜瓯国余京国，今晤温州昔惠州。
漫说几人识贞义，罗峰无语乌夷犹。

踏莎行·石门洞

护洞风云，守门龙虎。洞天日月霜千古。何年霹雳泻银河，啼猿鸣鹿仙人府。　　浮过春烟，飞来秋露。刘郎谢客当年住。摩崖刻石未成磨，江山留得诗人簿。

王骏，1957 年 1 月生，籍贯杭州。曾在省级机关、省属大型国企工作。浙江建投集团原党委副书记、纪委书记，中华诗词学会常务理事，浙江省诗词与楹联学会会长，浙江省政协诗书画之友社理事，浙江省社会科学界联合会理事等。编著出版《晓篁清风》《营造美丽》《无边的风景》《绿水青山诗路歌》等。

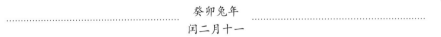

癸卯兔年
闰二月十一

2023.4.1　星期六

◎江合友

念奴娇·南京大报恩寺遗址

琉璃五彩，照长干故里，水中澄澈。墙里古城墙外路，一塔玲珑清绝。胜迹重光，浮屠再现，恍似仙家阙。深沉长夜，霓灯相伴江月。　　回首古刹千年，兴衰筑毁，尽把沧桑阅。乔木废池经百劫，几度滔滔流血。但愿今朝，民安国泰，神佑刀兵歇。梵歌声里，望中云雾堆叠。

貂裘换酒·雨中游正定大佛寺

榴果堂前供。恰吹来、跳珠白雨，乱亲人众。十字摩尼真宋殿，绘壁丹青庄重。轮藏转、群经门洞。大佛巍然何壮伟，叹匠工巧智神龙动。千载后，尽称诵。　　拈香长者凝心奉。赏奇碑、开皇隶楷，御亭相送。看罢六珍惟此处，楼阁齐云峭耸。谁怅惘、无痕春梦？惯对浮云风过耳，又青丝缕缕随飞鞚。古刹里，伞轻拥。

江合友，1978年生，江西景德镇人。现为河北师范大学文学院教授、博士生导师。中国词学研究会常务理事，中华诗词学会高校工委副主任。著有《明清词谱史》《英轩词存》等十余种，主编《清代词谱丛刊》。

◎孟祥荣

西 天 目

东行入天目，十载未曾来。
不见青山老，唯知绿鬓衰。
风寒木初落，日暗雾难开。
小坐听流响，鸣声去又回。

天目山古银杏已万岁矣秋来树叶金黄生机依旧

此公真得寿，一万二千年。
寒暑无关世，存亡但任天。
谁人当尧舜，何物是神仙。
活久余孤独，犹然瞰大千。

　　孟祥荣，自号半隐庐，湖北枝江人。广东五邑大学文学院教授，现已退休。出版《袁宗道集笺校》《真趣与性灵——三袁与公安派研究》等专著。偶涉吟事，自娱而已。

2023.4.3 星期一

◎金冠军

上石门洞

石门瀑布挂云边，夕照珠飞生紫烟。
洞对横桥添险景，心随绝壁诵雄篇。
泉清水秀三分地，松老花香一片天。
越岭登山浑忘我，白头犹自说牛年。

鹧鸪天·漫步丽水应星公园

漫步公园听竹声，倚栏午坐谢公亭。红沾枫叶含秋意，绿退芭蕉入画屏。　　鱼戏水，鸟多情，扪心我已醉三分。老来自叹诗才少，独向苍天诉不平。

阿袁按："分"与庚、青两部字并非"邻韵通叶"，然宋人名家词中亦曾通用之，盖系方音使然耳。

金冠军，网名抱墨，浙江青田人。旅意著名侨领。为中华诗词学会会员，浙江省诗词学会会员，丽水市诗词学会理事。意大利中华诗书画艺术协会荣誉会长，欧洲中国书法家协会副主席，爱好中华传统文化，擅长诗书画艺术。

◎刘周晰

夜宿楠溪江

溪山画轴晚天秋，疑入安南吊脚楼。
百籁无声起凉意，一轮明月万松头。

观积谷山石刻怀谢客

荒僻永嘉谁恣游，幸哉谢守莅东瓯。
高怀云日江中屿，灵感草禽池上楼。
竹杖撑篙量海陆，羊毫麻纸记春秋。
人缘山水开诗派，山水缘人名九州。

刘周晰，1953年出生，浙江温州人。现任浙江省诗词与楹联学会副会长，曾任中华诗词学会理事等。担任过温州市政府副秘书长、市外经贸局局长、市政协经建委主任等职。著有多册诗文集。

癸卯兔年
清明节

清明，二十四节气中的第五个节气。一般是4月4日至6日之间的日期，不过最常见的日期是4月4日和4月5日，其中4月5日清明节最多。清明节，是从古代至今中华民族最为隆重盛大的全民式祭祖活动，属于缅怀先祖、追溯前人的节日，是具有丰富的文化内涵的。主要习俗为扫墓祭祖、踏青、拔河插柳、吃青团（清明果、糍粑）、踢蹴鞠、斗鸡等。

◎朱迁进

夜宿温州香格里拉酒店外眺江心屿有寄

暮色满江楼，隔窗云水流。
帆过孤屿媚，雁嗷万山秋。
一别成新客，重来认旧游。
安澜亭外渡，曾宿几沙鸥？

辛丑霜降游泰顺库村

四面青山入画图，一村流水向云湖。
欲寻耕读今何在，唯见鸡窗外种菰。

朱迁进，号半园主人，别署楝斋、苦楝斋，浙江乐清人。现居杭州。中华诗词学会会员，浙江省诗词与楹联学会副秘书长，浙江省直机关诗词分会会长。

2023.4.6 星期四

癸卯兔年
闰二月十六

◎崔福光

与阿袁老师晨赴罗浮山中所见

树旁翠鸟塘中鲤，依稀犹认开元字。
试问仙境何人知，罗浮山间传道寺。

重过西湖蓬庐有怀

白露为霜秋意厚，西湖晨景一城秀。
萧萧竹叶几人知，犹听弹筝宛如旧。

按：时有旧友、古筝专家蓝教授溘逝。

崔福光，1982年生，广东省龙川县人。中都工程设计有限公司路桥高级工程师，惠州市土木建筑学会副会长。爱好诗词。

2023.4.7 星期五

◎陈蓉蓉

初夏游东皋村

东皋村畔画船游，石上溪螺一望收。
任是水寒何足畏，当年赤脚也驱牛。

初秋雨夜独游西湖

玲珑小伞独移游，一缆轻波漾白鸥。
忽送秋风纵萧瑟，灯回棹影动吟眸。

陈蓉蓉，女，1973年3月生，乐清市虹桥镇人。温州山水诗研究会会员。现任教于乐清市虹桥镇实验中学，中学高级教师。先后荣获浙江省优秀指导师、温州市学科骨干等称号。

2023.4.8 星期六

癸卯兔年
闰二月十八

◎陈德光

凤凰台上忆吹箫·雁山赏月

峰若佳人，桥依果盒，碧潭流水淙淙。看晚霞轻舞，山抹微红。野色溪光芳草，更一片烟树朦胧。招游客、三三五五，月上灵峰。　　诸公。此生几度，恁对酒当歌，共醉从容。念五陵年少，意气相通。访得良师传授，终日个、大吕黄钟。惟愿把、浮名抛却，吟啸山中。

自注：雁荡山有夫妻峰、果盒桥、果盒亭、凝碧潭等景点。

念奴娇·雄溪赏花

水边沙外，映清空、波拥前村霏雾。燕语莺声犹识得，当日买瓜亭路。柳袅溪桥，草熏芳陌，风约游丝住。雄溪春早，试花十里桃树。　　长记虚掷光阴，林泉露饮，云共流觞舞。坐久方知天已晚，舟子遥呼回浦。日落楼头，霞飞汀渚，隐约峰峦妩。篷窗斜倚，放歌微醉归去。

自注：1985 年 4 月，我和国传、金榜、广乐诸君随西邨师丈泛舟郊游。

陈德光，笔名远山，浙江温州人。早年支边新疆，中年迁来深圳，现已退休并定居深圳银湖。喜好填词。

◎陈大林

漫步库村古村落

古巷深深卵石多，骚人寻迹细研磨。

今朝圆得千年梦，高架长虹一路歌。

蝶恋花·游西湖

垂柳轻飔风细细。远望苏堤，烟雨笼涯际。为问钱塘何处地？三潭映月湖光里。　　弄尽春柔霞惹醉。岸畔清声，音韵添吟味。天上人间惊叹矣，情思缕缕心揉碎。

陈大林，浙江温州市人。浙江省诗词楹联学会会员，温州山水诗研究会会员。

癸卯兔年
闰二月二十

2023.4.10　星期一

◎金嗣水

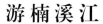

游楠溪江

兴致冲冲到永嘉，我来此地泛仙槎。
遥看白鹭天边落，神往青峰水底斜。
南郭牛羊过北郭，西家鹅鸭串东家。
桃源幽静尘心洗，最是村中桑与麻。

忆登岳阳楼

范文重读忆登楼，万顷烟波一望收。
岳麓鱼龙云梦月，潇湘天水洞庭秋。
凌风立语思黄鹄，逐浪翻飞羡白鸥。
忧乐情怀家国事，行藏况味古今酬。

金嗣水，1940年生，安徽无为人。中华诗词学会、上海诗词学会会员，上海枫林诗词社顾问。

◎苏立胜

游马站蒲壮城

游心放纵趁天晴，欲读沧桑访古城。
路口初尝马站柚，戏台老演戚家兵。
穿街过巷寻遗韵，旧壁高墙警后生。
远眺迎阳楼外海，残碑阅罢绪难平。

秋宿文成武阳野舍晨起

清幽舍外晓鸡啼，遍地柔蔬绿满畦。
露白莲蓬添客念，霜红柿子惹人迷。
难逢袅袅炊烟直，却见翩翩鹭影低。
路转枫林黄叶落，一湾秋色武陵溪。

苏立胜，1969 年生。浙江省平阳县民政局四级调研员。中华诗词学会会员，中国诗歌学会会员，中国楹联学会会员等。

2023.4.12 星期三

癸卯兔年
闰二月廿二

◎雨 亭

闻西湖移柳树有题

十里长堤高塔楼，平湖微漾月波流。
梦中还忆桥边柳，烟雨垂丝系小舟。

过花都湖见凤凰花开有题

凤凰浴火早成仙，春夏重回尘客前。
向晚何须明月引，绮霞散卧树梢眠。

　　雨亭，原名廖日文，广东广州人。广州市花都区政协常委、侨联副主席，广东岭南诗社副社长兼秘书，中华诗词学会和中国楹联协会会员。

2023.4.13 星期四

◎龙　冲

天净沙·雁荡山养蜂人

　　山高料峭春鸦，蜜蜂散养人家。过岭穿溪扫码，雁山云下，迎眸一片菜花。

天沙净·茶场娃娃鱼

　　鲵游溪涧清嘉，春来流水桃花。燕舞莺歌石滑，烟笼滩坝，守林员在护娃。

龙冲，广东顺德某商业银行职员，格律诗词爱好者。

癸卯兔年
闰二月廿四

◎夏克琼

题文成天顶湖

清湖映明月，夜色透阴晴。
碧水轻云过，黄冈高鸟鸣。
房新通客路，岛古落山城。
百丈撑天顶，自知扬远声。

水调歌头·海南避寒游

　　独觅适宜地，候鸟抵南疆。消寒此日，先住三亚后山乡。南岛风云擒敌，娘子刀枪出击，成就凯歌扬。重读俊雄谱，夸羡猎樱枪。　　通生息，延益寿，寄安康。榴椰荔橘，厚肉甜水渍儿香。开得红花异彩，清草沙滩云海，四季竟无霜。头等福休地，老少喜临场。

　　夏克琼，1940 年生，浙江文成县人。曾任文成县电业公司所长、经理、副局长，系浙江省和文成县诗联学会会员。

◎南　鸿

赛里木湖

夏日匆匆过赛湖，水如蓝缎胜仙图。
南山抹黛松林翠，北甸涂黄牧草枯。
瀚海迷茫思圣雁，将台空落想神驹。
苍凉何似来西域，犹念左公收北隅。

十八学士山咏茶花

霞红雪白喜同株，深忆冬寒相恋扶。
风过且依斜照暖，雨凌全仗劲枝粗。
虽无馥郁能矜炫，却有温馨可浸濡。
情若长时天地老，唯求尘世共荣枯。

　　南鸿，原名马加幸，温州平阳人。供职杭州第四中学，高中语文教师。教学之余，以诗文自娱。著有散文集。

癸卯兔年
闰二月廿六

◎吴　波

梦游江心屿赠陈忠远先生

孤屿一江青，诗文傍日星。
系舟今又是，趋步谢公亭。

游绍兴莲东村归后作

莲东山色似吾乡，古道沿溪客梦长。
日暮诗成竹影廋，流云不解月彷徨。

　　吴波，别名吴寒雨，1987年2月生，贵州省普安县人。现为贵州省诗词学会会员，黔西南州诗词研究会理事，盘州市诗词楹联学会理事等。

◎季天中

福泉山春雪

喜见瑞花飞，银砂掩翠微。

迥从千嶂落，还向万林归。

绰约凝珠树，飘飘问玉妃。

冰崖春意晓，谁不喜清晖。

陶山八卦桥夕照

青山绵邈暮云中，桥石条条南北通。

骚客不来波自碧，古村流水夕阳红。

季天中，女，1963 年出生，笔名素郡，温州市瑞安人。中学教师。中华诗词学会会员，中国楹联学会会员，温州市音乐家协会会员，瑞安作家协会会员。

2023.4.18 星期二

癸卯兔年
闰二月廿八

◎雷　宁

北楼古镇

石街小巷觅琴音，古镇风回历古今。
笑看唐槐舒傲骨，仙桥几度客来临。

迎　仙　桥

浮雕瑞兽迓八仙，鸟鹊莲蓬刻两边。
最爱石牛南北卧，雄狮坐镇百楼前。

雷宁，笔名蓝风，宝鸡市音乐文学学会会员。

◎陈　建

白 水 漈

横屏曲径市声稀，幽谷清流绕翠微。

曼妙烟裙常散逸，轻盈水袖自翻飞。

琴音屡载行云梦，珠屑时沾旅友衣。

索句难吟闲雅境，佩弦笔底读玄机。

鹧鸪天·重走红军路至岩龙古村

幽谷当年耀五星，英雄足迹导行程。半山绿竹翻新意，一路红歌忆旧盟。　　风爽朗，水澄明，空濛细雨沐青屏。溪声古宅农家酒，满满斟来乡土情。

陈建，1965 年出生，浙江永嘉霞嵊人。中学高级教师。中华诗词学会会员，温州山水诗研究会会员，温州市诗词与楹联学会理事，永嘉县诗词与楹联学会党支部书记。

2023.4.20　星期四

癸卯兔年
谷　雨

谷雨，二十四节气中的第六个节气，于每年公历 4 月 19 日至 21 日交节。谷雨是反映降水现象的一个节气气，谷雨节气后降雨增多，空气中的湿度逐渐加大，非常适合谷类作物的生长。

◎王　春

夜宿君兰江上

阑珊月色夜风平，渔火悠闲江上行。
一缕乡愁潜入梦，窗前鸟语带家声。

百丈瀑闻钟

林深掩禅寺，曾说豢青龙。
泉吝灵潭浅，崖高岚气浓。
寻幽难问道，避世怎潜踪。
欲叹红尘苦，忽闻天外钟。

　　王春，1958年出生，永嘉人。中学高级教师。系中华诗词学会会员，浙江省诗词与楹联学会理事，温州山水诗研究会理事，温州市诗词楹联学会常务理事，永嘉县诗词与楹联学会会长。

◎林忠飞

家住陈垟山因效古人题陈山壁

闲人日日对青山，黄袖红妆暗碧鬟。
谁说青山无改色，只应无酒醉青山。

山行所见即吟

眼前女子浅含矍，古墨罗裳草色新。
却对飘然风卷轴，山中暗汩碧潾潾。

林忠飞，女，浙江温州人。爱好文学，与丈夫一同创办金临轩美术馆等。

癸卯兔年
三月初三

◎金恩海

古 渡 行

柳坡远上半朱扉，虚拂烟中也自宜。
最是塘西惊鹭起，月悬古渡白披披。

龙湾旧居春日吟

海棠园日春迟早，飞絮多时绽小桃。
自是眼前人迹少，冰壶相对月孤高。

金恩海，1970 年生，笔名天籁、顽石庐等，温州龙湾人。文史写作及地方史研究者，现为某历史学会副会长。

◎南朝东

偕诸友登大若岩府岸山

跻攀叠嶂接云根，松径苍苔带雨痕。
俯视忽惊陵谷变，问君认得几家村。

行香子·城北造园

上堡愚翁，自诩良工。十三载、不负初衷。叠千万石，移二三峰。种西园梅，东窗竹，后庭松。　　高山流水，何人共赏！叹匠心、未窃天功。溪回树合，物感和通。有献花猿，守门鹤，卧潭龙。

南朝东，笔名南翔，号上堡居士、迎紫山人，浙江永嘉县人。易学爱好者，编有《筮府珠林》《搜易补》《江湖残绝命籍辑逸》《断易鬼灵经》等。

◎项志英

游双湖吟春

暖日烟波三月景，微风拂过草菁菁。
谁留屐印桃源地，我欲衣萦柳陌情。
身畔芳林窥憩鸟，眼前湖水鉴浮英。
借来七彩生花笔，好绘春光霞里行。

踏莎行·游千峡湖

烟雨朦胧，秋光旖旎。登船破镜堪留意。随风逐浪转迷离，青峰拥吻平湖里。　　如梦依稀，吟情何寄。舞歌畲妹双眸媚。算他碧玉客心舒，畅游千峡翻垂泪。

项志英，笔名知音，中华诗词学会会员，丽水市诗词楹联学会办公室副主任。

2023.4.25 星期二

◎钟秀华

江心屿怀古

河川焕炳岁钟灵，孤屿枝繁若玉屏。
天下航标盈画舫，眼前佛国近珠庭。
烟光澹荡飞新浦，淑气氤氲绕古亭。
骚客幽怀停桨影，渔歌何处又聆听。

凤凰台上忆吹箫·咏江心屿

闲倚江楼，眷求清韵，寄怀山水河洲。念竹亭池暖，石径林幽。
松柏婆娑照影，摇漾处、阆苑风柔。明湖里，灵峰峻塔，远浦轻舟。
悠悠。岁华远溯，灵运览中川，浩气迎眸。　任一江东去，千古名留。
多少文章佳客，须尽醉、花月春秋。情何憾？长将此心，福地相酬。

钟秀华，1979年7月生，女，笔名朝颜，畲族，江西省瑞金市人。中国作家协会、中华诗词学会、中国楹联学会会员。现就职于瑞金文学艺术院，任江西省作家协会散文委员会副主任。

2023.4.26 星期三

癸卯兔年
三月初七

◎程德风

浪淘沙·治水温州有感

瓯越四江流，造育温州。洪台旱涝国民愁。多少终身兴利业，未有名留。　城内已无舟，浊水堪忧。治污谋策众相求。河长责权分奖罚，自写春秋。

忆江南·参建刘基故里
百丈漈水库电站六十年后重游

荒山顶，河道接云端。牛拉肩挑灯下干，两年库站建成全。通电万家欢。　身已老，故地认清泉。飞瀑迎人人不断，水轮转动坝牢坚。深忆泪花翻。

程德风，先后出任温州水电局副局长，兼任苍南县副县长驻桥墩水库扩建加固指挥部指挥、温州市水利局局长。1994年5月至1998年兼任温州珊溪水利枢纽总指挥部常务副总指挥。

◎叶秀嫦

摸鱼儿·游罗浮

望罗浮，洞天奇景，诗囊常伴寻觅。绵延青岭云天近，伸手直擎苍碧。惊众客，莺脆亮，千峰突兀如豪笔。韵心漫溢。看粤岳仙山，悠然胜境，四海雅人集。　　冲虚观，仍见遗留旧迹，英雄勤挫顽敌。驱倭剿匪埋藏杀，剑影刀光常袭。今好日，念英烈，辉煌展馆巍然立。精神鞭策，正气贯长虹，芳流福地，万代永光泽。

沁园春·潼湖花果山

古老名山，小径蜿蜒，帘挂洞藏。但远观似练，绢绸飘落；近看如雪，珠玉飞扬。绿野柔风，闲云秀岭，白鹤腾飞雅韵长。临其境，叹潼湖花果，醉望东江。　　奇观乐煞娇娘，引几许良朋览胜忙。任风骚文采，尽情表露；琴心剑胆，着意申张。蹬道崎岖，爬湾辗转，水库林场忽显彰。驰遐想，喜移民福地，十里飘香。

叶秀嫦，女，笔名伯阳，广东惠州人。教师。中华诗词学会会员，广东中华诗词学会会员等。

癸卯兔年
三月初九

2023.4.28 星期五

◎钟继红

登陈子昂读书台

重上金华又一秋，青山脉脉水东流。
书台不见子昂影，感遇而今感不休。

寄蓬溪上东茅草屋居士

郭外向东三径幽，一云如鹤寄林丘。
青田漾漾明陶宅，红树依依掩庾楼。
瓦挂紫藤香入墨，苔封苍石韵怜瓯。
难凭拙句酬君意，转羡逍遥谢屐游。

钟继红，又名钟智，70后，四川省蓬溪人。四川省诗词学会会员，遂宁市诗词学会理事，蓬溪县作家协会副秘书长。

◎华慧娟

黄满寨观银河崆瀑布

崩云飞雪卷涛声，匝地银珠作斗倾。
顽石何能成桎梏，清流一泻起雷鸣。

月 牙 泉

死寂沙丘亘古横，驼铃摇响远天程。
幸存半月清泉眼，照亮无垠暗夜征。

华慧娟，江苏江阴人。中学高级英语教师。中华诗词学会会员，广东省中华诗词学会会员，惠州市诗词楹联学会顾问。

◎赵乐强

秦岭经宁陕游子午道

秦岭遇重阳，秋高禾黍香。
云中三五里，伸手谓天凉。

"走读运河"通州出发赠陈建克

但愿太阳日日新，太阳高照欲行人。
钱塘此去三千里，每步向前都是春。

赵乐强，1955年10月生，浙江省乐清市人。曾长期在本地从政。著有诗词选集《家山杨梅红了》、散文选集《走读运河》《平和的脸色》等。

◎王玉明

海滨新秋

夜雨尘寰净，晨光天海清。
曙红波潋滟，树绿岛分明。
有意风私语，无心云远行。
黄昏新月现，渔火伴疏星。

2023.5.2 星期二

永遇乐·鲁迅故居感怀用辛弃疾韵

风雨如磐，冻云翻墨，魂魄何处？一缕心香，无边夜色，彼岸扶摇去。瑶台琼阁，芳莎玉树，豪杰圣庭应住。立寒宵、栏杆拍遍，俯看尘世龙虎。　　权谋胜负，轮回无数，谁屑回眸一顾？可叹黎元，浩茫心事，难觅桃源路。暮秋萧瑟，征鸿远逝，但听群鸦噪鼓。悲凉问、轩辕荐血，昊天晓否？

自注：其中鲁迅有句云："风雨如磐暗故园""心事浩茫连广宇""泪洒崇陵噪暮鸦""我以我血荐轩辕"。

王玉明，字韫辉，清华大学教授，中国工程院院士，汽车安全与节能国家重点实验室学术委员会主任。中华诗词学会顾问、高校诗词工作委员会主任，中国诗歌学会校园教育工作委员会主任，清华大学荷塘诗社社长。已出版诗词集《水木清华眷念》、摄影集《赤子之心法自然》等。

癸卯兔年
三月十三

◎李葆国

雁荡山大龙湫

天开一堑泻云流，飞瀑喧喧铁嶂遒。
虹气缤纷曜螭影，清光迤俪啸寒秋。
饮残欧冶三尺剑，卷尽丈夫千古愁。
沐雨顿消尘俗念，挟雷万里下丹丘。

重访雁荡大龙湫抒怀

十年一剑淬犹磨，雨后龙湫雷作歌。
寒浣星云腾白马，暖生珠玉泻银河。
宁将浩气涤尘瘦，不遣清流遗憾多。
笑看瀑边花竞放，从容倾注未蹉跎。

李葆国，字塬村，1952 年生，山东武城人。中华诗词学会常务理事，中华诗词学会学术部副主任，北京诗词学会副会长。著有诗集《石桥轩吟》。

◎昆阳子

与乡前辈娄老季初携游贵阳东山栖霞岭敬和清赵德昌韵

石栈似天梯，登高望不迷。
楼争山远近，云别树高低。
梵磬闻三界，诗心过五溪。
扶携有大老，归去日微西。

水调歌头·茅山

处暑又三日，访道上茅山。轻阴无雨，拂拂风起涤尘烦。行在九霄宫里，遥看青黄几点，破碎莫求焉。转欲扶挣去，从此做神仙。　习高蹈，侪大士，赴瑶筵。麻姑闻告，三见东海变桑田。回首茫茫故国，过眼熙熙人物，不复烂柯年。岭上白云倦，散作五湖烟。

昆阳子，本名董国军，别署岘堂、燕鸥堂、湖海闲人，1972年生，河南叶县人。现为江苏大学出版社副总编，并任镇江市诗词楹联协会副会长等。著有《岘堂诗稿》《近体诗写作十二讲》（合著）等。

2023.5.4 星期四

癸卯兔年
三月十五

◎周加祥

春光好·夜逛永嘉丽水街

红灯照，照千秋，寄乡愁。碧水盈溪向海流，正悠悠。　自古人才秀出，从今伟业长留。夜看清波先得月，说风流！

春光好·过南明山

枫飞叶，果留香，靓瓯江。群雁凌空气韵扬，客游忙。　立足楼高云外，凝眸水净湖旁。且把南明当壁画，共天长。

自注：南明山，丽水城边风景山。

周加祥，1954年11月生，浙江丽水人（原籍浙江遂昌）。现为中华诗词学会会员，浙江省诗词楹联学会常务理事、丽水市诗词楹联学会会长等。此前曾任丽水市政协常委兼文史委主任、《丽水文史资料》主编。

◎朱俊龙

五指山漫步

徐徐穿雨林，幽谷听蝉音。
返景复相照，清泉洗我心。

登合江楼

琼楼屹立小门东，两水合流霞绮中。
遥望罗浮升皓月，静闻挂榜荡清风。
学人不负江河渡，骚客长怀笠屐翁。
云卷云舒等闲看，凭栏犹唱夕阳红。

自注：合江楼为广东省惠州市著名景点。挂榜，即挂榜阁，为惠州西湖著名景点之一。

朱俊龙，网名金山翁、钓雪翁，中华诗词学会会员，中国楹联学会会员，广东省楹联学会会员，惠州市诗词楹联学会常务副会长、法律顾问，曾执行主编大型地方党史诗词集《诗颂百年》。

癸卯兔年
立　夏

立夏，二十四节气中的第七个节气，夏季的第一个节气。于每年公历5月5日至7日交节。立夏后，日照增加，逐渐升温，雷雨增多。立夏是万物进入旺季生长的一个重要节气。时至立夏，万物繁茂。

◎高生顺

与阿袁驱车同往瓯海访友返程后戏遣

烟雨大罗山，同行访诗友。
谁道听人吟，却不夜进酒？！

与友人同过江心屿

眼前万佛指平林，九月秋高我自吟。
云往云来风起处，与谁一笑过江心。

高生顺，1963年生，永嘉人。浙江省工艺美术大师。温州市工艺美术行业协会副会长，温州山水诗研究会会员，永嘉工艺美术行业协会副会长兼秘书长，永嘉县民间文艺家协会副主席。

◎陈吾军

咏江心屿

双塔凌江势若飞，烟深禅院客忘归。

谢公屐履今安在，空水犹交云日辉。

咏楠溪江生态

山色遥连水色清，烟涵日影景初明。

人间玄圃知何是，十二峰前别有情。

陈吾军，1976年11月生，浙江省青田县人。现为青田县内冯村党支部副书记，全国高级营养师、高级健康管理师。浙江省诗词楹联学会会员，丽水诗词楹联学理事，青田县诗词学会顾问，青田县读书会副会长。

◎彭满英

题楠溪江石桅岩

青峰拔地立江东，形似船桅现浅红。
回首此身何所在，一怀诗绪碧溪中。

鹧鸪天·九龙湿地见萤火虫

小小精灵湿地行，夜凉如水识晶莹。临江影动金光闪，向晚辉生星海明。　　花吐瑞，草含情。芬芳幽雅伴流萤。奇观总让人迷醉，疑对林间梦境清。

彭满英，女，1952年2月生，浙江丽水人。小学高级老师，已退休。系中华诗词学会，浙江省诗词楹联学会、莲城诗词学会会员，丽水市诗词楹联学会办公室副主任。

2023.5.9　星期二

◎王长智

鹭 江 吟

春风过翠柳，弱水渡金麟。
白鹭凌云上，依稀梦醒人。

武昌黄鹤楼

两江隔三镇，一水拱名楼。
云里鹤犹在，谁知崔氏愁。

王长智，1967年生，河北省衡水市人。现供职于衡水市人民银行，民革衡水市委会委员，政协衡水市第五届、六届委员，民革河北省委理宣委委员。

2023.5.10 星期三

◎章雪芳

与师友游小芝红树林

野涧飞山鸟，红云映翠林。
客行迷远近，万树一溪深。

游牛头山水库即景

花落春将老，山横日渐斜。
风轻云蘸水，画出一天霞。

章雪芳，女，浙江临海人。现居宁波。从事诗词自媒体工作。

◎管红艳

雁荡山净名寺重建后感赋

伏牛峰下净名寺，宋代钟声今又起。
古刹新貌传心灯，神鸡高鸣半空里。

曼陀罗山庄即事（四首录一）

僧在万叠山中住，禅坐何曾觅道侣。
偶然访客春日来，云深塔密不知处。

管红艳，女，1969年生于台州，1970年随父部队转业落户温州。供职于温州广电传媒集团，文学编辑。温州电视剧制作中心原主任、法人，现任温州市新闻工作者协会专职副秘书长。

2023.5.12 星期五

◎寇　燕

读书台感怀

平安寨里袅春烟，细雨清风看柳绵。
书画琴棋金砚客，诗词歌赋玉壶仙。
情如佳酿醇而酽，意若海棠香且妍。
并辔文坛驰四季，几多挚友总相牵。

望海潮·九莲湿地公园同游有感

　　文朋相约，花开藻翰，焚香煮酒迎宾。狼尾拽风，残荷绾梦，粗衣素履勾魂。江水意微醺。野鹜戏树影，来去频频。唤醒句芒，绿杨垂线草铺茵。　　柏梁台上为邻。有苏辛作伴，不羡仙神。词魄似蜂，诗心若蝶，香萦紫陌红尘。吾本一庸人。误闯文华殿，不得其门。战战兢兢遣韵，忐忑度晨昏。

　　寇燕，笔名嫣郅，民盟盟员。中华诗词学会会员，四川省作家协会会员。现任遂宁市诗词学会副主席，遂宁市作协副秘书长，船山区作协副主席，《川中文学》执行主编等。先后出版两部诗文集。

2023.5.13　星期六

癸卯兔年
三月廿四

◎张建兰

望 乡

秋月春风一亩田，清溪环抱日生烟。
曾经年少只追梦，不识乡村天外天。

沁园春·巴蜀风光

巴蜀风光，水碧山清，日照雾收。望崇山峻岭，绵绵起伏，长林飞鸟，处处啁啾。水草含情，陌花带笑，紫气彤云澹澹流。频惊叹，醉千钟景致，欲展歌喉。　　登临意兴方遒，把俗事闲抛汗漫游。羡青莲居士，一云如鹤；少陵野老，孤鸟吟秋。雪岭烟霞，岷峨风月，绮丽高华竞豁眸。心悠远，享逍遥自在，夫复何求。

张建兰，女，网名弱水三千，笔名水月清尘，遂宁射洪人。今居成都。

2023.5.14 星期日

癸卯兔年
三月廿五

◎张丽云

贺温州山水诗研究会成立

东风送我到樽前，喜对瓯潮起瑞烟。
自是诗坛新世界，前看璧合后珠联。

游苏州留园有感

春暖欣逢胜日闲，小桥柳翠水潺潺。
意随白鹭翩翩舞，韵逐轻舟款款还。
酒后园林寻殿阁，花前里巷见溪山。
曲廊来去三千客，犹入蓬莱月一弯。

张丽云，女，瑞安人。温州山水诗研究会会员。

◎王晓春

西江月·游伏羲洞

漫步洞天福地，迎眸石笋红莲。水晶玛瑙玉钩连，太古奇观抢眼。　　耐得十分寂寞，历经几度清寒。泥沙淘去色斑斓，阅尽人间冷暖。

鹊桥仙·塔尔寺

莲花八瓣，菩提十万，转罢经筒百遍。心存良善更何求，但遂了、平生宿愿。　　骆驼草美，酥油花艳，堆绣如霞目眩。红尘踏过路三千，便忘却、人间俗念。

自注：塔尔寺位于距西宁市25公里的湟中县形似八瓣莲花的山坳中。酥油花、壁画、堆绣是塔尔寺三绝。

王晓春，遂宁第六中学高级教师。中华诗词学会会员，四川省诗词协会会员，遂宁市诗词学会副主席。

2023.5.16　星期二

癸卯兔年
三月廿七

鹧鸪天·张家界三姐妹峰

莫道湘山不解情，天工有女此间生。峰成姐妹三人秀，云作衣裳一样青。　　同日月，共阴晴。千年屹立见钟灵。红尘诸子无心嫁，除却张家不是卿。

定风波·黄果树瀑布

白练长长挂碧峰，迷蒙烟雾有无中。更有银花飞溅起，声势，滔滔几欲向天冲。　　游客痴痴停立久，抬首，凉凉水雾湿妆容。应是瑶池倾玉液，恩泽，人间此景最奇雄。

全凤群，女，1976年6月生，四川遂宁安居人。中华诗词学会会员，四川省诗词协会会员，遂宁市诗词协会会员。

◎朱勇文

丽水乡村暮色即景（二首录一）

远村烟暮上，数缕入苍山。
平野鸟起落，长天云去还。
荷锄农父笑，弄笛牧童闲。
自足应自乐，不言禾稼艰。

丽水城郊春游

二月出城阡陌通，薄衫初试暖融融。
香风游女临芳野，仙乐翔禽喧远空。
春水流过千草绿，夕阳落向百花红。
鹭汀眠醒归来晚，乘兴还歌残醉中。

朱勇文，别号十一居士、朱算子，1971年生，浙江丽水人。一介布衣，自由职业。

癸卯兔年
三月廿九

◎姚春生

与同窗游淡溪水库

临风携手两情牵，忽报寻幽水库边。
岂意云霓映湖外，翻看日月照君前。
莺停树上歌声亮，蝶绕花间舞袖翩。
为报淡溪山色好，一年何日不春天！

游荔波小七孔

七窍玲珑不染尘，洗心洗肺洗吾身。
虫吟鸟噪迷今古，瀑响泉飞泣鬼神。
凫鹥池中留迹远，鸳鸯湖里感情真。
凭谁健笔夸仙境，脱俗须看耳目新。

姚春生，浙江省乐清市虹桥镇人。获工程、政工双职称。现为中华诗词学会会员，温州山水诗研究会理事等。

◎姚钢峰

仙岩梅雨潭

梅雨潭前有自清亭，亭中立一碑，碑镌朱自清《绿》

天阙乌云蔽日星，龙潭金甲动雷声。
老翁相会敲棋子，浊自浊来清自清。

会文书院

春蛙惟鼓噪，怎比读书高。
山月穿林近，泉声入梦遥。
风中听梵籁，雾里过仙桥。
兰与心同静，清香满室飘。

自注：此即北宋陈经正、陈经邦读书处与南宋朱熹讲学处。陈氏兄弟系二程高足，孙依言《瓯海轶闻》云："平阳学统始于先生兄弟。"

姚钢峰，乐清市石帆街道后屿村人。温州山水诗研究会会员，虹桥作家协会主席，虹桥诗词学会名誉会长。

2023.5.20 星期六

癸卯兔年
四月初二

◎定源法师

安福寺晨起同前韵

独住山房最上层，满窗云树几枯荣。
夜长无梦秋风起，误把松声作雨声。

斋后登天圣山

岁残日暮叹流年，斋后经行偶得闲。
回望一弯天圣路，蓦然身在半山间。

定源法师，上海师范大学哲学与法政学院副教授、国际佛教学大学院大学日本古写经研究所研究员。出版专著有《敦煌本〈御注金刚般若经宣演〉的文献学研究》《佛教文献论稿》等。

癸卯兔年
小　　满

小满，二十四节气中的第八个节气，也是夏季的第二个节气。于每年公历 5 月 20 日至 22 日交节。小满之名，有两层含义。第一，与气候降水有关。第二，与农业小麦有关。这个"满"不是指降水，而是指小麦的饱满程度。

2023.5.21　星期日

◎刘　聪

西溪泛舟

谁撑小艇过渔家，烟水苍苍趁日斜。
十里清溪一川月，几人今夜宿芦花。

天平山瀹茗

寻诗出郭作山行，忽见茶寮眼倍明。
门掩一廛无客到，窗推四面有风生。
听松日暝余归鸟，汲水泉凉杂落樱。
更乞山僧煮山莝，此时谁复问营营。

刘聪，1982年3月生，北京人。喜聚旧书，尤好近人词集，编有《无灯无月两心知——周鍊霞其人与其诗》，著有《吴湖帆与周鍊霞》。

2023.5.22　星期一

癸卯兔年
四月初四

◎黄进峰

车站迎宾独登荆溪山

迎宾惜寸阴，拾级上崎嵚。
一带风云近，双丸乌兔临。
鲸潜滋海国，车动亮山岑。
梵宇离尘染，远瞻能静心。

凤卧蒲山梅园

红都梅怒放，朵朵迓新年。
艳衬蒲山下，香飘泾水边。
清魂归仕女，冰骨比天仙。
世上谁王冕？素颜留自然。

黄进峰，1963年出生，浙江平阳县人。税务干部。现任平阳县诗联学会及历史学会副会长。

◎李永鑫

绍兴三味书屋怀鲁迅

槛外乌篷柳色新，寻幽后院谒梅神。
经穷典籍空怀梦，海渡扶桑苦觅真。
瘦骨横眉图奋起，锥心振笔救沉沦。
而今吠日常相见，笑问疮疤谁在身？

听箫堂影

山头檐影雾纱迷，细雨敲窗布谷啼。
此日春风生旧梦，当年秋色展新霓。
流云舞月心何寄，落叶寻根情入泥。
未改乡音非过客，呼朋把盏醉城西。

李永鑫，1956年生，乐清人。曾务工从军，后至乐清市检察院、政协、党校工作，现已退休。中国作家协会会员。出版《月冷西湖》散文集。

癸卯兔年
四月初六

◎盖涵生

醉根山房

恍入画中画，时惊根复根。
堂皇佛之国，华丽木为魂。
高阁凭山起，回廊得月扪。
蓬莱今可到，醉卧启天门。

高阳台·将赴开化用濯缨兄韵

才领薰风，又临端午，三衢邀集诗人。楚客骚魂，欣然流韵于今。当年故旧分南北，要淋漓，落笔如神。待消磨，酒令诗筹，美景良辰。　　江山如此真奇倔，更浮生有幸，意趣同群。源溯钱江，隔年重访仙根。一花一叶皆灵性，有菩提、洗濯清粼。共相期，佛国真如，寄此心琴。

盖涵生，1966年生，籍贯江苏无锡，别署荒漠之旅。现从事计算机应用软件系统开发。中华诗词学会会员，醉根诗社副社长。出版有个人诗词专集《荒漠集》。

2023.5.25　星期四

癸卯兔年
四月初七

◎戒贤法师

宝林山居食杨梅有作

又是杨梅季，怜牙不敢贪。
甜时谁念苦，酸尽自成甘。
石记前贤迹，灯明古佛龛。
闲持珠一串，负手亦喃喃。

宝林寺呈门学法师

几丛兰草竹边房，轻拂山风淡淡香。
已共瞿昙林下住，不知人世有炎凉。

　　戒贤，字如愚，1972年出生于福建省福鼎市管阳镇朱姓农家，1985年披剃出家。先后任教于福建佛学院与闽南佛学院。所著《歇庵诗草》，先后在中国台湾及大陆出版发行。

2023.5.26 星期五

癸卯兔年
四月初八

◎赵典栋

玉 瓶 潭

碧玉花瓶寄大山，一泓净水自潺潺。
红尘自远莲台近，应是慈航渡此间。

琵 琶 潭

千古琵琶何处寻？五云山下壑深深。
幽泉咽石弦声切，似听高明细抚琴。

赵典栋，1853 年生，瑞安人。中华诗词学会会员。

2023.5.27　星期六

癸卯兔年
四月初九

◎边郁忠

雨中登江心屿

孤屿晚秋日，瓯江雨后来。
寺扃僧课歇，水涨画樯开。
寒色深侵巷，檐声残滴苔。
文山祠畔草，千载有余哀。

暮秋登浩然楼

烟渚歇吴榜，潮音入孟楼。
初看孤屿晚，还听鹿城秋。
丞相剑三尺，诗人酒一瓯。
浩然绝千古，文武各风流。

边郁忠，又名牧野，吉林省吉林市人。退休公务员。诗词爱好者。

癸卯兔年
四月初十

◎周文扬

戊戌暮春游高楼截流脚坝

逶迤漾碧入东瓯，塔外兼葭忆客舟。
最是平生舒望眼，坝如砥柱立沙洲。

百丈漈岭头观瀑

岭头十里望难穷，身置观台天半中。
野岸飞帘无见雨，临光溢彩每生虹。
顶湖龙吼奔雷远，深壑水流归海通。
百丈尘消心自达，几人进退借秋风？

周文扬，网名朝音花雨，1969 年 11 月生。曾任文成县诗词楹联学会副会长。
主任中医师，平时忙于医业，业余爱好并自学诗词。

◎陈天恩

新晃古乐城

竹林花树绿莺啼，湖水悠悠山色迷。
一阁凌云高百尺，凭栏极目楚天低。

新晃镇江阁

雕龙画虎镇江流，气压山城第一楼。
今日登临真惬意，群峰尽向我低头。

陈天恩，1979年生，湖南新晃县人。农民。

癸卯兔年
四月十二

◎凌传棉

珊溪库区游船记

雾绕冈峦草木薰，群峰叠翠气氤氲。
船穿峡谷稀疏见，鸟现琼林隐约闻。
雨润山花花灿烂，风梳浓叶叶欢欣。
倾心墨客吟诗醉，绿水风情寄与君。

游永嘉书院

骄阳高挂粲青山，霜染枫林绯一般。
溪涧游鱼翔浅底，清泉飞瀑跃深间。
工坊活字千年续，书院经文万代颁。
举目依依观不尽，回眸恋恋出山弯。

凌传棉，1959年出生，浙江瑞安人。小学退休教师。现为中华诗词学会、中国楹联学会等会员，瑞安市诗词楹联学会理事。

2023.5.31 星期三

◎张桂兴

颐和园西堤踏春

长堤分渌水，小憩界湖桥，
望玉泉山隐，惊蓬莱岛摇。
雕梁归燕语，垂柳映花娇。
不必言西子，龙船听玉箫。

暮坐海棠花溪

小月河边坐，西边日已沉。
微风轻荡柳，翠鸟渐归林。
瓣落如飘雪，溪流似抚琴。
人稀丘壑静，谁唱葬花吟？

2023.6.1 星期四

张桂兴，1944 年农历 12 月生，河北隆尧县人。北京市民政局原副局长。中华诗词学会顾问，北京诗词学会原会长。先后主编《中华诗词文库》（北京现当代卷）《诗论选》《燕京诗韵（丛书）》等。著有《鸟巢集》《路石集》等。

癸卯兔年
四月十四

◎王改正

雁荡山庄响岭头

雁荡清音响岭头，诗家结伴赋金秋。
十八古刹菩提静，百二奇峰翡翠流。
子晋笛箫仙鹤舞，瑶台风月玉泉幽。
四灵雅韵今犹是，万朵芙蓉映九州。

大 龙 湫

欲会仙娥雁荡游，痴心醉透大龙湫。
飘如素练浓如酒，灿若惊鸿腻若油。
溅玉潭中同沐浴，忘归亭里尽绸缪。
弥漫香泽仙凡界，不悔霜欺鬓上秋。

王改正，1951 年生，河南省郾城县人。1969 年参军，2006 年退休后历任中华诗词学会秘书长、《中华辞赋》副总编辑、中华诗词学会副会长，现为中华诗词学会顾问。

2023.6.2 星期五

◎吴晓梅

瓯江归棹

江静浮残月，乌啼村舍间。
一声桡响处，归梦落家山。

夏初观音岩赏花

瓯江畔，古寺边，花儿遍野怜。晓烟霁雨鸟声传，云霞欲出天。
琉璃裙，胭脂靥，为谁翩若蝶。一枚小伞侧香肩，诗情浓又绵。

吴晓梅，女，1963年2月生，原籍温州。现为丽水学院遗传学副教授。

癸卯兔年
四月十六

绮罗香·冬日龙池庵访古

木落层林，烟笼曲径，萧瑟冬山如睡。石老苔荒，一页岁华能记。倚青壁、兰若临池，贮深秀、丛篁围翠。更神龙、经岁蛰居，泠泠清溜井中汇。　　休嗟陈迹无觅，还念嘘云驾雾，乾坤曾洗。败草枯禾，甘露一时都被。掠尘影、顿杳霜钟，拾断砖、碧痕难褪。归去来、法雨千丝，洒然天半起。

念奴娇·冬日浔阳江畔怀古

江边踯躅，正鸦啼落叶，涛翻暗绿。却忆当年离别处，听彻琵琶仙曲。半舸灯昏，四条弦冷，世事纷棋局。青衫红粉，一时同感幽独。　　还对汩汩沧波，声声汽笛，犹自闻歌哭。苦竹丹枫浑不见，剩有寒芦几束。人去亭空，春来桃绽，绝调谁能续。振衣风急，暮帆划过千幅。

自注：庐山中有白居易草堂，《大林寺桃花》即作于此地也。

李睿，女，字蘅风，安徽南陵人。现为安徽大学文学院副教授。著有诗词集《芸窗吟稿》。

2023.6.4　星期日

◎刘晓燕

巢湖塘西湿地

沉璧横波不系舟，掬来秋水洗吟眸。
一篙撑入滩声里，我与芦花共白头。

木兰花慢·合肥三国遗址公园

正霜天断雁，越淝水，歇征程。见锈镞残弓，秦砖汉瓦，夯土连营。聆听。骤旌鼓震，似飙驰烈马正嘶鸣。三国金汤固垒，而今野陌孤城。　　纵横，逐鹿群英。分鼎立，决输赢。忆莽原列戟，关河破碎，漂杵膻腥。峥嵘。叹旗暗换，说虫沙猿鹤后侪惊。多少人间战事，几回是为苍生？

刘晓燕，网名烟雨楼台，女，安徽合肥人。一位爱好古典诗词的外语教师。担任安徽省诗词学会副会长兼会刊《安徽吟坛》副主编。

◎张　开

茅　山

洞天句曲昔曾闻，白鹿苍猿俱可群。

清磬投林动花雨，寒泉漱石起溪云。

松风有露阴初合，萝月无烟影乍分。

偶向三茅峰下坐，便携樽酒绝尘氛。

车到华阳羽士家，松扉半掩挹流霞。

苍岩晚宿溪头鹤，青壁朝生洞里花。

时纳烟云窥玉灶，辄收沆瀣和丹砂。

何当习得真符篆，捉尽人间恶夜叉！

张开，网名铜豌豆，江苏镇江人。镇江多景诗社社员，诗词爱好者。

癸卯兔年
芒　种

　　芒种，二十四节气中的第九个节气，夏季的第三个节气。于每年公历6月5日至7日交节。"芒种"含义是"有芒之谷类作物可种，过此即失效"。这个时节气温显著升高、雨量充沛、空气湿度大，适宜晚稻等谷类作物种植。农事耕种以"芒种"为界，过此之后种植成活率就越来越低。它是古代农耕文化对于节令的反映。

◎倪蓉棣

清江九龙山

清江口坐九龙山，明设烽台锁海关。
潮动千帆玉环岛，图开八卦乐清湾。
云来雁荡化莲座，水借芙蓉洗佛鬟。
大殿泉深通四县，说来故事见波澜。

自注：四县指乐清、玉环、温岭、洞头。

2023.6.7 星期三

雁荡山芙蓉峰

一峰云出雁湖山，青白可人倾海湾。
名取芙蓉缘谢客，涧吟斤竹过江关。
芳苞终究千年秀，异鸟依然五色斓。
抹去冈前雾中雾，金溪如带水潺潺。

自注：谢客，即谢灵运。异鸟，指谢灵运在《游名山志并序》中所记之鸟，今指红嘴蓝雀。

倪蓉棣，笔名怪手、怪手不怪，温州乐清人。中国作家协会会员。著有小说集《怪手》和散文集《芙蓉旧事》。

癸卯兔年
四月二十

◎贺如熊

魅力吴堡

铜城古堡换新貌，紧靠黄河上岸滩。
铁路穿山飞水底，高楼拔地入云端。
南来才子吟诗句，北往佳人赏月阑。
风景今朝凭谁识，游船载客钓鱼欢。

酒泉子·春游汉城湖

湖面熏风，岸柳泛青千万缕。东君送暖汉庭央，换春妆。　　寻芳漫步荡回肠，欲觅知音同奏赋。突生诗意自痴狂，醉韶光。

贺如熊，网名冷月寒狼，陕西省米脂县人。中华诗词学会会员，米脂县诗词学会理事，崇尚文学，喜好诗词。

◎哈声礼

丙申秋日与友重游西狭

天井摩崖久有名，秋风壮我复山行。
拾阶逢险躬身过，得趣于林听鸟鸣。
峡谷无樵歌野曲，高峰留石记官声。
为民纵做星星事，一撇一横都刻清。

贺新郎·重游黄果树瀑布

我复来游矣。见飞龙、排山倒海，啸呼声沸。风伯雷神堪用力，金鼓黄钟入耳。自帝阙、银河取水。万丈云空倾泻下，顿时间、化作龙潭翠。势壮阔，玉珠碎。　　三番领略悬泉美。似今朝、拾阶踏藓，湿衣和屧。仙露偏偏难如意，脸颊沧桑未洗。任岁月、霜刀恣肆。梦里人生江湖老，问十年、尝了何滋味？不忍说，岂容易。

哈声礼，回族，1977年1月生，网名东柳轩主。现供职于甘肃省徽县种子管理站。中华诗词学会会员，中华诗词学会青年委员会委员，甘肃省诗词学会会员。

癸卯兔年
四月廿二

◎陈继豪

雁荡山行

玉女峰奇且纵游，雾虹彩映大龙湫。
灵岩竦峻烟云幻，海气扬清草木稠。
亿载光阴昭物化，千般意象竞风流。
我来雁荡寻霞客，泯却心尘同放讴。

金缕曲·谒汉中紫柏山张良庙

紫柏初游目。直惊呼、石门天险，子房归宿。博浪飞椎空雪恨，复得黄公兵牍。施巧计、鸿门脱束。栈道残痕留崖壁，乃运筹帷幄兵戎逐。尸遍野，鬼魂哭。　　江山归汉功臣戮。叹萧何、更悲韩信，死无分竹。谁遣留侯辞爵去，从赤松为高足。参辟谷、云端乘鹿。吐纳云烟三界外，正瑶池千载蟠桃熟。瞻仰处，史堪读。

陈继豪，中华诗词学会会员，中国楹联学会书画艺术委员会委员，深圳市诗词学会荣誉会长，深圳书画家协会理事，香港诗词学会顾问。

◎徐建文

戊戌暮秋登紫蓬山

时近残秋朔气侵，闲花野草露痕深。
空山寂寞人何在，旧梦依稀路可寻。
故地重游增感慨，浮生一别怕登临。
怅然独自慵沽酒，恐入愁肠动楚吟。

行香子·肥西山居

傍水依山，茅屋三间。绕庭院、几亩闲田。养花种草，自给粮棉。但且随风，且随雨，且随缘。　　无求官宦，不拜神仙。管他是、今夕何年。朝耕暮读，对月调弦。好喝杯茶，饮壶酒，吸支烟。

徐建文，字善成，笔名野夫、庐阳野夫，网名农友，1964年生，安徽合肥人。现在肥西工作。中华诗词学会会员，合肥市诗词学会副会长，肥西县诗词学会常务副会长兼秘书长。

癸卯兔年
四月廿四

◎ 于文清

楠 溪 江

特地寻幽到永嘉，明朝归路满山花。
楠溪江上清风棹，摇碎天边月一牙。

春 游 雁 荡

小龙湫又大龙湫，雁荡春风快此游。
一路山花开得好，笑声飞出酒家楼。

于文清，江苏镇江人。多景诗社社长，著有《江干小唱》。

癸卯兔年
四月廿五

◎姚海宁

过 宋 城

一江春水向东流，流到钱塘古渡头。
今日闲看潮往复，城头旗帜已凌秋。

庚子立秋后一日天竺路逢雨

云径深长人迹多，浮生心事半消磨。
秋霖呼应钟声出，一味清凉听雨荷。

姚海宁，1960年7月生，浙江临海人。中华诗词学会、中国楹联学会会员，浙江省楹联研究会常务理事，浙江省诗词与楹联学会理事，临海市诗词楹联学会副会长兼秘书长。

癸卯兔年
四月廿六

◎赵秀敏

深圳园博园

几度秋深约未成，时光流水劝人行。
山罗高塔门空掩，树有浓阴花暗生。
野鸟初啼三径远，鹏城聊寄一身轻。
岂因俗世销心志，坐对岚烟数落英。

菩萨蛮·过温州怀弘一大师

精修净土身成佛，慈悲意念浮尘绝。著述海潮音，由来因果深。　　谨行勤且俭，心境何能染。自种一菩提，明光满衲衣。

赵秀敏，深圳市楹联学会秘书长，深圳市长青诗社副社长，深圳市诗词学会副秘书长。

癸卯兔年
四月廿七

◎陆玉梅

访惠州丰湖书院

西南佳气郁葱茏，潋滟丰湖波几重。
云阁巍然三丈石，棠阴终古一声钟。
岂无名士识碑帖，赖有先生扶杖筇。
此去江楼百年后，六桥风月水溶溶。

罗浮山记

梦入罗浮醉不醒，三千世界接苍冥。
偏宜福地安禅去，别有洞天飞瀑听。
白雾如霜衣澹澹，翠华在野水泠泠。
我来跌坐云台下，迢递群峰十万青。

陆玉梅，字蘋风，号诗狐，笔名岁寒公子毓、梅子卿卿，巴蜀人氏，客居岭南。性喜山水，诗崇王孟。

2023.6.15 星期四

◎李海霞

清平乐·过慕才亭怀小小

钱塘春晓，柳岸停兰棹。仰慕名伶苏小小，移步西泠凭吊。　　桥头六角飞亭，千年松柏青青。油壁香车过往，谁人怜取伶仃。

沁园春·天台山

何处蓬莱，皆道天台，佛国仙山。记汉时刘阮，相携采药；明朝霞客，独览留篇。佛教传经，诗僧读史，方士桃溪正炼丹。迷离处，恍武陵幽境，梦绕魂牵。　　悠悠往事千年，听万涧泉歌大自然。看奇花妙草，争妍谷内；珍禽异兽，腾跃林间。华顶采风，塔头探月，百里云中访杜鹃。凭栏歇，正千葩满树，绽放娇颜。

李海霞，山西省女子作家协会会员，太原市作家协会会员。

◎陈金如

麒麟山登高有赋

漫疑临览到仙都，形胜非唯神兽图。
山气摇烟萦杖履，海风推浪走艟舻。
自题玄鸟巢前叶，谁夺骊龙颔下珠。
重九欣然行旅望，任他月色满归途。

水调歌头·游天府之国

欲上益州道，先结梦中缘。巴山修竹云海，俞水且流连。舌上香锅麻辣，眸底峨眉秀月，锦里几分闲。江岸眺灯火，剪影两神仙。　沐秋雨，簪画色，礼前贤。草堂花好，乌柏荫庇一年年。丞相祠堂犹在，鼎足疆图已杳，两表自岿然。沉醉争堪醒，何日再游川？

陈金如，女，广东陆丰市人。公务员。性喜山水，诗崇李杜。系广东中华诗词学会会员，岭南诗社社员，汕尾诗社理事。

◎陈　静

大若岩访古

碧水青山里，花开大若岩。
陶公更谁觅，我欲事庄严。

瑶溪宾馆晨起所见

晨起推窗望，秋风着意来。
人生烟雨外，百感出阳台。

　　陈静，女，1970年2月生，温州市区人。二级律师。政协第十二届温州市委员会常委，现为浙江人民联合律师事务所首席合伙人，兼任浙江省房地产专业委员会副主任，浙江省律师协会民法典宣讲团成员、温州市人民政府立法专家、温州市仲裁委员会仲裁员、温州市信访事项听证专家等。

2023.6.18　星期日

癸卯兔年
五月初一

◎曹新频

游刘基故里得句

飞流百丈势无前，水影横吞一片天。
深壑重重浑不怕，要奔万里润桑田。

游雁荡山随记

恐高不敢望龙湫，回见灵岩翠欲流。
行到石林空叹息，思依涧草自春秋。
一湾落日僧归寺，两岸炊烟梦倚楼。
古道前头探驿站，尘心又被野云留。

　　曹新频，1957 年生，广东省惠东县人。企业退休干部，高级工程师。中华诗词学会、广东中华诗词学会会员，惠州诗词学会顾问，珠江诗社社长。

2023.6.19　星期一

癸卯兔年
五月初二

◎张　索

仙岩道上

十里荷塘绕夕烟，浮屠返照入云天。
扁舟满载春山绿，水里花开映橘田。

湖上杂咏

湖上幽居胜避秦，陶公未到此迷津。
四时嘉木幻山色，落了桃花犹是春。

　　张　索，原名纯凡，号石头记者，别署蛛砚斋，1962 年生，温州市人。现为华东师范大学美术学院书法系主任，教授、硕士生导师。中国书法家协会理事，上海市书法家协会副主席，西泠印社理事，出版有《张索印选》《持敬集》等；编有《汉字之美》《海派篆刻名家系列——马公愚集》《篆刻聚珍——方介堪》《钵水斋书翰选粹》等。

癸卯兔年
五月初三

◎宋玉秋

楠 溪 江

绿涨长溪古木新，遥岑积翠递迎人。

湿衣雾气微经雨，落地泉声不起尘。

石上苍苔深野径，林间碧草掩初筠。

优容最是啁啾鸟，偶向枝头一欠伸。

木兰花慢·山海关怀古

踞雄关锁钥，镇辽海，护神京。记战鼓东来，烽烟北去，洗甲鏖兵。长扃。朔风冷雪，带征尘万里到边庭。吹彻胡笳汉月，听残野树秋声。　　营营。策马拥旌。拼一死，佑安宁。最可悲、误了将军大业，谁与纵横。哀鸣。怅怀往事，叹当年功过暮云平。野草闲花淡淡，荒台故垒青青。

宋玉秋，字静宜，号苍莨馆主。公务员。现为中华诗词学会会员，中国楹联学会会员，辽宁省作家协会会员，盘锦诗词楹联学会会长。诗追王孟，词喜苏辛。

2023.6.21 星期三

癸卯兔年
夏　至

夏至，二十四节气中的第十个节气。于每年公历 6 月 21 日至 22 日交节。夏至这天，太阳直射地面的位置到达一年的最北端，几乎直射北回归线，此时，北半球各地的白昼时间达到全年最长。对于北回归线及其以北的地区来说，夏至也是一年中正午太阳高度最高的一天。

◎乔建荣

雁荡山

寻山避暑访清幽，万里南飞作远游。
方外群峰高雁荡，此间素练下龙湫。
气腾危壁天云聚，光淬熔岩地火流。
一自寰中称绝胜，摩崖勒石未曾休。

惠州西湖

海气岚光拥惠州，西湖入夏更清幽。
桥通曲折烟波澹，树映参差台榭浮。
坡老遗踪今尚在，孤山暮雨去何求。
隔帘飞瀑宽望眼，云渚兰桡起白鸥。

乔建荣，女，山西灵石人。高级会计师，税务师，现退休。诗词楹联爱好者。

2023.6.22 星期四

◎林型世

谒刘文成公庙

神州称福地，瓯越大名川。
古柏巍巍庙，炉香袅袅烟。
运筹开帝统，陈策辅王篇。
北望金陵气，苍茫云海边。

苍南碗窑古村落

山村已陆离，明末碗窑遗。
瓷唱青花韵，岭铺苍石墀。
木楼依势筑，庭院设形奇。
随处成文献，入眸多史诗。

林型世，1963 年生，平阳县山门人。农民。中华诗词学会会员，温州山水诗研究会会员。

2023.6.23 星期五

癸卯兔年
五月初六

◎张维庚

李王尖

泪水纷飞瀑布流，美人轻信隐山沟。
李王一股英雄气，还在峰门上下浮。

游钟秀园

夏风袅袅雨霏霏，两岸罗峰带笑微。
曲水新荷红点点，沙堤修竹绿依依。
抱忠堂畔怜梅瘦，宾月轩前勒鼎巍。
千古高吟山相句，襟怀天下最难违。

张维庚，温州龙湾人。中华诗词学会会员，温州山水诗研究会会员。

2023.6.24 星期六

◎崔杏花

踏莎行·辛丑中秋道林古镇玩月

　　待一轮圆，看千灯举。麒麟山上秋知否。此时此夜客如潮，铁花烂漫催飞雨。　　仿佛曾来，分明未遇。清光已过蒹葭浦。觉来眉上有三分，七分却带衣香去。

摸鱼儿·过瓢泉怀稼轩

步韵范师

2023.6.25　星期日

　　渐春归、多情风雨，丝丝知为谁拂。一瓢一水青山下，翻涌亦如君血。流湛冽，隐约有、清音入耳何曾歇。此中澄澈，看豪气萦词，长歌醉酒，应似窗前月。　　飘零久，已把铮铮傲骨，偏安成了愁绝。金戈铁马阑珊梦，寸寸只如飞雪。长剑捻，空遗恨、栏杆拍遍成幽咽。鹧鸪声切，望遥岭云深，家山路远，徒剩了心热。

　　崔杏花，网名杏花烟雨，微信名绿了心湖，湖南宁乡人。现居湘潭，从事眼镜行业。诗词爱好者。

癸卯兔年
五月初八

◎王一舸

寒食车耳营下瞰京城

新夜入车营，微醺上景亭。
窄门推细月，大野起繁星。
今昔半无赖，欢愁各已形。
问余何所念，山外已浮溟。

春暮柳阴野餐

约逢未及还携饮，便到柳阴分稚龄。
古越糟前轻鸟语，会稽酒后鼓蛙听。
芦芽长短光深浅，布谷实虚人醉醒。
暮景忽闻罗大佑，半过柳絮半湖萍。

王一舸，1982年生，北京人。编辑、文艺评论人、昆曲作家。著有《浮世锦——一舸杂剧穿传奇集》。

◎谢良喜

游温州庆福寺怀弘一大师二首（录一）

谁唱长亭送别歌，三千慧业出昏波。
华枝已许缁衣挂，朗月何劳素镜磨。
荡荡天风归杳缈，依依日影向婆娑。
我来瓯海惟虔肃，谒罢文宗拜佛陀。

水龙吟·谒刘基故居怀古兼次文成公原韵

荒堂似梦迢遥，沉沉万象干云表。花盈野径，草围诗壁，藤蔓缭绕。似此江山，恁多旧迹，渐如烟袅。记中原逐鹿，金陵定鼎，王佐略，知多少？　　漫说故园堪卧，望东山，天高月小。兴刘诸葛，却秦安石，何曾了了。欲逐陶朱，功成浮棹，独归天杪。但惊枭遍野，知谁听取，一声鸡晓。

谢良喜，网名谢郎。沧海诗社社长，吴门诗社副社长，高邮文化研究院研究员。

癸卯兔年
五月初十

◎翁德辉

楠江春晓

绵延烟树映斜晖，特立青峰起四围。
红染琼枝寒渐减，绿凝玉色暖初归。
柳间山雀偶清啭，江上海鸥才躁飞。
最是残梅香未散，撩人春意雨霏微。

访先父就读私塾旧址有忆

2023.6.28 星期三

三月风和淑气清，乡关访故寄深情。
蕉窗雨里轻摇叶，堂燕梁间细作声。
物换星移人已远，朝吟暮读迹犹明。
程门休笑当年立，却向庭中涕泪倾。

翁德辉，浙江永嘉人。从小爱好传统诗词。现为中华诗词学会、中国楹联学
会会员，温州山水诗研究会会员；原温州诗词与楹联学会理事。

◎ 洪君默

雪窦山妙高台

台高臻妙境，闻道蕴仙家。
春暖花偏落，林深鸟不哗。
蛟龙腾日月，山水焕烟霞。
我有登临句，何曾似永嘉。

自注：南宋后期，徐照、徐玑、翁卷、赵师秀四位永嘉籍诗人提倡灵性诗风，称为永嘉诗派。

2023.6.29
星期四

兵 马 俑

黩武穷兵立帝基，更将膏血筑灵池。
楚人一炬成焦土，枉费泉台十万师。

洪君默，晋江人，现今寓居成都。中华诗词学会会员，四川省作家协会《星星诗词》副主编。曾任四川诗学会副会长，成都市诗词学会副会长，成都东坡诗社社长等。著有《衔远庐诗草》《衔远庐吟稿》等。

癸卯兔年
五月十二

◎杨海钱

登龙凤山

曲径盘旋上，凌风我欲歌。

有崖浮紫气，无棹渡银河。

龙凤来仪远，云烟去象多。

或吊傅青主，江湖梦几何？

咏文笔峰

如此奇岩如此峰，谁将此物谪寰中。

霞来漫绕拂林气，露结常收度野功。

一纸青天铺上下，两台紫案对西东。

我今欲梦文昌阁，可藉通灵写大同？

杨海钱，号一诚轩主、陉山诗客，1949年3月生，河北井陉人。为中华诗词学会、中国楹联学会、中华诗词研习会会员，石家庄市诗词协会顾问等。

2023.6.30 星期五

◎钱志熙

九月二十六日返温讲学再宿即返

秋江迢递绕州楼，春草池塘绿未收。
二十年来京华客，到乡翻作异乡愁。

过江谒文山祠二首（录一）

临行馆舍懒淹留，还作瓯城一日游。
直发柳川过白象，还经鹭屿向乌牛。
隔江城市画中出，近海精蓝水上浮。
文物风光遍赏后，文公祠里久低头。

自注：柳川、白象、鹭屿、乌牛，皆地名。

钱志熙，1960年生，温州乐清人。现为北京大学中文系教授，教育部长江学者特聘教授。兼任中国李白研究会会长，中华诗词学会副会长。出版《活法为诗》《绿涛室诗词集》《魏晋诗歌艺术原论》《魏晋南北朝诗歌史述》《黄庭坚诗学体系研究》等多部专著。

癸卯兔年
五月十四

2023.7.1 星期六

◎朱水兴

五 老 峰

根连鄱水触苍天，绝顶断分呈大千。
五老僧盘云上界，巢居何处问青莲。

庐山美庐

绿竹青松隐美庐，长冲碧水过幽居。
清凉别墅谁人主，客满层楼游不疏。

朱水兴，1965年12月生，江西进贤人，现为珠海居民。曾任江铃汽车集团公司工程师与工艺处长，珠海飞利浦家电公司生产经理，安费诺东亚电子有限公司运营总监，江铃汽车股份有限公司副总裁，武汉泰歌氢能汽车有限公司CEO，曙光汽车集团股份有限公司副总裁等，古诗词爱好者。

◎沈利斌

游南雁荡山

莫疑人在画图里，何处画图萦我肠？
时有清风过竹绿，偶然红露润衣香。
烟云障目绕山断，泉水侵肌透壁凉。
雨伞芒鞋无负路，此行最幸是诗囊。

蝶恋花·温州瑶溪泷

苍峡碧崖开迤逦。岩罅生云，瑶树生烟水。万古溪声应不滞，涓涓犹带罗山翠。　　漱石枕流嗟已矣。且濯尘缨，久坐心如洗。坐到寒潭明月坠，潭心惊破鸥飞起。

沈利斌，1982年生，浙江湖州南浔人。现为中华诗词学会理事，浙江省诗词与楹联学会副会长兼诗教部部长、浙江经济职业技术学院《中华诗教》杂志执行主编。

癸卯兔年
五月十六

◎蒋昌典

蓝天湖赏梅

影横枝屈铁，花发香犹烈。
堆玉复堆银，疑云更疑雪。

登长沙江阁怀老杜

飘零踪迹借诗传，江阁重光映渚烟。
开谢岸花仍寂寂，去来檐燕自年年。
望中烽火心中泪，梦里乡关客里船。
一瓣心香凭吊罢，万家灯火思无边。

蒋昌典，1943 年出生，湘人居湘。副研究员。中国美术家协会会员，中华诗词学会会员，中国楹联学会会员。

2023.7.4 星期二

◎陈孔兴

永嘉陡门吟

山色春秋染，溪声日夜喧。
任他华夏变，我自乐田园。

咏鸡冠岩

苍翠山中千万春，心红自足展形神。
何当此日晨风里，叫醒两间长睡人！

陈孔兴，亦作陈孔欣，永嘉人。农林业从事者。喜读文史，偶有所作。

癸卯兔年
五月十八

◎罗永珩

刘基故居

碧野长廊入翠微，亭台落落沐余晖。
先生昔隐青山麓，歌啸时招白鹤飞。

灵岩夜色

雁荡幽奇处，灵岩夜月升。
山形初卧虎，岫影忽飞鹰。
俯仰知难说，纷纭辨不能。
世间多幻象，莫谓我心澄。

罗永珩，网名风二中，70后，闽西客家人，现居福建厦门。古诗文爱好者。

2023.7.6 星期四

翠 微 山

柳条抽穗水潺潺，草色燕京半醒还。

莫问箫声何切切？春风已近翠微山。

西堤蓝天云

明艳飞亭水潺潺，轻舟欲隐苇禾眠。

西堤最是空灵处，镇尺中分云水天。

赵国明，北京市作协会员，中华诗词学会会员，曾担任《北京青年报》社区报主编，现供职于《作家文摘》报社。出版《台湾 台湾》《诗说台湾》《两岸城市今昔》与《溃疡的号角》等，主编《外交官历史亲历记》。

癸卯兔年

小 暑

小暑，二十四节气中的第十一个节气，夏天的第五个节气。表示夏季时节的正式开始。于每年公历 7 月 7 日或 8 日交节。意指天气开始炎热，但还没到最热的时候。

◎胡区元

清平乐·南园桃花

楚天晴好，日出波间照。春满南园她最俏，谁敢含羞一笑？ 粉面辉映轻帘，幽香恰入风岚。为报胡郎好咏，一枝艳压江南。

八声甘州·南园清明怀感

正凄风苦雨坠桃红，香魂绕芳堤。望修江两岸，秋湖桥畔，杂草离披。谁谓春光弃我？未几便青梅。或值清明节，静对斜晖。 常忆家乡新竹，遍东坡西岭，倩影依稀。叹青山不老，岁岁发葳蕤。待何年、长居茅舍，伴双亲、拂晓伺群鸡。南园路，杜鹃声里，柳絮沾衣。

胡区元，江西修水人。现为修水县某中学高中语文教师，修水山谷诗社社员。

◎陈海洋

夜宿中越边境小镇

百年恩怨总难分，尽息炮声鸡犬闻。
两岸春山灯火暖，相逢只隔一溪云。

橘子洲洪水

三湘有雨自纵横，浩荡欲将天地倾。
世事洪流皆入眼，忍教浊浪到苍生。

陈海洋，四川盐亭人。转业军人。现任云南翠微吟社社长。

癸卯兔年
五月廿二

◎廖国华

十二壶穴

飞流谁遣下云衢，澄碧珠连十二壶。

多少锦鳞冲上水，争知他日化龙无？

谒文成安福寺

疏钟梵唱出烟萝，鹫岭云飞此际过。

彩焕浮屠灵气永，法宣般若佛光多。

讲堂竹护尘难浣，莲沼鱼游水不波。

自忖上方新到晚，蒲团小坐唪弥陀。

廖国华，斋名无妄，号村野之人、龙洲道人，1945年生，湖北荆州人。中华诗词学会会员，荆州诗词学会副会长。

◎徐中美

游温州江心屿

月下一仙台，霓裳趁夜裁。
循诗游翠岸，疑是到蓬莱。

缑山月·咏太湖山

殿祀将才星，峰因墨斗名。杨门登顶久扬旌。悦晨风起处，龙角朗，棋盘湿，日蒸蒸。　　崖头谁设八仙桌？青雾悉消停。优游三界入归程。恰鹃花竞艳，沿虎颈，寻仙迹，辨虫鸣。

徐中美，1976年1月生，浙江台州黄岩人。现供职于浙江省台州市公共交通集团。著有诗文集《且听风吟》、楹联集《墨粲心联》。

2023.7.11 星期二

癸卯兔年
五月廿四

◎罗　平

忆江南·梦南麂

南麂好，贝藻遍滩礁。殊觉上苍黄绢落，恰疑仙女茜裙飘。能不念琼瑶？

望海潮·萧　江

千年萧渡，双江集汇，涌潮亘古连绵。宽道俊桥，明轩阔户，相依房店其间。绿树顺堤延。茂林翠峰里，妍美无前。蟾屹城心，街染粉彩赛为仙。　　橘坡楼寺幽闲。赏夕阳媚晚，秋月悬天。樟井问泉，榕亭听韵，悠悠太极欣然。警鼓震山巅。两岸联虹线，大展新篇。强镇能期宏愿，康乐舞翩跹！

罗平，温州平阳人。语文高级教师，教坛耕耘已历卅载。

◎徐永强

雨中游新鹤村东坑瀑布

梦成骑鹤总难销，我欲凌虚路未遥。
云窟翻悬孤岫雨，天门倒泻一溪潮。
水经壑谷声摩荡，人在峰峦影动摇。
揽秀东坑诗有兴，清吟可续跨虹桥。

念奴娇·永嘉记行

碧山春树，淡疏影、遥映楠溪江畔。竹径芳茵，偕隐处、游蝶啼莺却羡。几段流云，千丝细柳，薄雾轻分散。花阴生水，绮园烟翠痕浅。　　何念灵运飘然，又诗迷酒满，心将尘远。付我闲听还识未？休作他时留恋。役梦题襟，谁人会此意，浦鸥归遣。桃源仙迹，永嘉来且行惯。

徐永强，笔名风景画，浙江省平阳县公安局民警。中华诗词学会、浙江省诗词楹联学会会员，平阳县诗词学会秘书长。

2023.7.13 星期四

癸卯兔年
五月廿六

◎刘旭道

春暮过楠溪见桐花零落略有所感因勉强凑句

不向春风开丽色，满山满野自为家。
谁人斫得梧身去，争引孤弦弹《葬花》？

白石山梅下煮茶

白云随我到仙家，东望箫台影渐斜。
回拾枯枝烹老叶，八分欢喜在梅花。

刘旭道，1968 年生，浙江永嘉人。高级编辑。现为《温州都市报》副总编辑，温州山水诗研究会会员。与人合著《蝶变》《温州评判》《"一带一路"上的开拓者：世界温州人》等。

◎陈尔石

别文成天鹅堡

欲涤尘心上翠微，溪歌夜夜共罗帏。
青山好客无佳礼，硬塞数兜清气归。

清平乐·九叠河公园行

柳塘花巷，九叠清波漾。夕照融融楼隙降，环绕万灯齐亮。　　莫困绮席萧墙，月桥幽径彷徉。拂落一身心事，聊将惬意收藏。

陈尔石，曾用网名诚而实、哼哈、诚而实哼哈等，1968 年 10 月生，浙江平阳人。中学高级教师。中华诗词学会会员，浙江省诗词楹联学会会员，平阳县诗词楹联协会理事。

2023.7.15　星期六

癸卯兔年
五月廿八

◎陈步党

湖心品茶

已忘醉湖心，空汀响柳琴。
荷残连远浦，鹭瘦恋禅林。
水碧轻波诡，茶香绮梦惜。
堤湖相对笑，界外降瑶音。

浪淘沙令·鳌江四桥抒怀

驮浪驾波涛，凤起腾蛟。风云瑗碛猛咆哮。倒海翻江天地动，威武鼋鳌。　　天堑耀长桥，拔地横霄。钢龙铁马气雄豪。接北通南联四海，喜看高潮。

陈步党，1963 年生，温州苍南宜山镇人。中学教师。中华诗词学会会员。

◎杨利民

雁荡山咏

旧友相携奋力攀，峰巅迥立展新颜。

大龙湫畔望云树，三折瀑边思港湾。

犹喜灵岩烟袅袅，更知秀谷水潺潺。

钱塘墨客辞酣饮，笑指东南第一山。

临江仙·安徽宏村秋日

月递芸窗竹影，蝉鸣枝侧声飘。朱栏长笛客家调。颤音飞小榭，桂雨洒山腰。　　羊栈岭东迭院，青丝绾系虹桥。临湖亭里赞芭蕉。当时书塾在，黄发试羊毫。

杨利民，浙江杭州人。现为中国诗歌学会会员，中国楹联学会会员，浙江教育报刊总社主任编辑。

癸卯兔年
五月三十

◎房 舫

西湖春望

细雨香浮湖草初，连天慵懒一朝舒。
断桥烟柳迎双鹭，画舫笙歌忆小苏。

自注：小苏，指南朝美女苏小小。

金陵城墙怀古

　　丙申秋，金陵为明城墙申遗。余忆及牧斋暴雨迎降、弘
光出逃被缚而还、郑成功城下功亏一篑之恨事，愤然命笔。

　　太祖糜材高筑墙，贰臣不战雨牵羊。
　　龙蟠无奈观龙缚，虎踞翻然变虎伥。
　　旧燕悲窠徒辗转，钟山耀月更凄惶。
　　今逢玉宇澄清日，再上新亭傲陨霜。

房舫，1971 年 7 月生，山东淄博人。现在从事外贸工作。

◎林建英

壬寅榴月十三山里晨吟

昨夜溪流水，淙淙入梦间。
今朝寻旧影，云隐万重山。

壬寅荷月十八日山水间戏墨

深山消暑日，侧耳爱听松。
远近滔滔语，同望百二峰。

林建英，女，笔名子非鱼，乐清虹桥人。中学教师。现为温州山水诗研究会会员，好游山玩水，偶写诗与词。

2023.7.19 星期三

◎叶松林

最高楼·琯头狮山

横春渡，湍水恋东方。澎湃逸瓯江。急匆匆卧虹车走，慢腾腾信步鸥翔。七都妍，乡树翠，运船忙。　　陟甬道、谒淮南表墓。细注目、赏沈碑美誉。钦国士、哲人彰。家山旖旎迷天籁，海隅掩映沁山香。咏前贤，心报国，满庭芳。

家山好·林宅湿地公园

马龙车水赏蓬瀛。穿茅屋，绕鸥汀。幽蹊掩映芳菲醉，喜迁莺。步香径，玉娉婷。　　不期诗思油然至，咏唱乐诗盟。河山锦绣，寻常远足举吟旌。优游享晚晴。

叶松林，乐清柳市人。退休教师。柳川诗社社长，浙江省诗词与楹联学会理事。

2023.7.20　星期四

◎刘泽宇

金缕曲·晨观乌山摩崖石刻

瞻仰摩崖字。是前贤、如椽大笔，自抒情志。铁画银钩腾挪处，助我江山雄丽。风雨过，凭添新翠。释道醇儒同选胜，况英雄倦息山灵庇。心迹在，可知意？　登临欲问今何世，数千年、无边苍古，都来眼底。久倚崖前听磬欬，来续平生奇气。更凝伫、悠悠天地。桂子香浓诚可沐，向人间俯仰还无愧。山骨硬，我偏似。

水调歌头·游飞来峰诸胜

片石若灵鹫，何日竟飞来？江南明秀山水，谁与共徘徊？堪爱壑雷亭下，一脉冷泉甘冽，震响似奔雷。咫尺西天路，能解我心哀。　白鸟过，枫未老，浸红腮。韬光寺里，澄明心事不须猜。应羡人间佳侣，正向山阶踏水，好句试相裁。落日苍茫外，百福倚云栽。

刘泽宇，字子冀，号沙鸥庐词客，陕西人。70后，小学教师。中央电视台《中国诗词大会》第二季首场冠军。渭南青年古诗词学会顾问，渭南朗诵协会顾问。尤好词学，著有词集。

2023.7.21 星期五

癸卯兔年 六月初四

◎郑林祥

中雁玉甑峰

山如玉甑火依稀，鼎沸炊烟上翠微。
但愿能蒸无米饭，年年好济世人饥。

游永嘉龙湾潭

回廊曲榭隐林阴，四壑幽篁啭异禽。
古木层层峰叠叠，凉风习习霭沉沉。
壁间瀑沫溅天宇，嶂外溪声奏古琴。
总是青山深爱我，野荆每每扯衣襟。

郑林祥，浙江乐清人。浙江省诗词与楹联学会会员，柳川诗社副社长。

◎陈乐道

雁 荡 山

访胜叩东瓯，灵岩溯纪游。
翠湖栖雁影，雪瀑捣龙湫。
鼓勇尖冈险，安神古寺幽。
何年圆夙梦？携屐共勾留！

2023.7.23 星期日

飞 云 湖

谁撷飞云化碧湖？犹留福地隐葫芦。
天工巧借今人力，截取瓯江展画图！

陈乐道，字梦石，甘肃永登人。甘肃省档案馆研究馆员、编研处原处长、二级巡视员，甘肃省政府文史研究馆研究员，中华诗词学会会员，中国楹联学会理事，甘肃省楹联学会副会长。

癸卯兔年
大 暑

大暑，二十四节气中的第十二个节气，夏天的第六个节气。于每年公历7月22日至24日交节。表示天气酷热，最炎热时期到来。古书中说"大暑，乃炎热之极也。"暑热程度从小到大，大暑之后便是立秋，正好符合了物极必反规律，可见大暑的炎热程度了。

◎ 梁双美

水 帘 洞

垂珠坠玉里，渺渺水烟轻。
岩缝枝青翠，何人不忘情。

都门冬暮落叶

风凛寒彻骨，杏叶随风舞。
莫言纵意飞，落地皆成土。

梁双美，1948年生于北京，祖籍山东。曾任某大型重型机械厂生产计划调度，高中语文教师及负责民办大学高自考和学生教育等职。

2023.7.24 星期一

◎杨克勤

江 心 屿

瓯江入望有蓬莱，玉塔相依自绝埃。
一道飞虹连迹响，喜观清瀑叠新裁。

柳梢青·楠溪江

2023.7.25 星期二

秀水心怡，巉岩目讶，瀑引神奇。古渡喧声，烟村弄影，林鸟清啼。　欣登竹筏飘衣，桃源正迷。尘外情踪，云间花雨，融入瑶溪。

杨克勤，1953 年 7 月生，辽宁省沈阳市人。自 1986 年起从事报刊编辑采访工作。甘肃《新一代》杂志原副总编辑。中华诗词学会会员，甘肃诗词学会副秘书长。

癸卯兔年
六月初八

◎宗孝祖

咏刘伯温故里

辅国平天下，风云控八方。
一生三不朽，半隐几行藏。
宏博兼文武，巍峨肃庙堂。
千秋勋业在，梓里共芬芳。

咏 大 龙 湫

一瀑从天落，轻烟满峡飞。
腾空龙卷谷，拂面雨沾衣。
形幻随时令，声惊入翠微。
我来潭下望，沉醉更依依。

宗孝祖，兰州市财政局调研员，中华诗词学会会员，中国林业书法家协会会员。历任甘肃省作家协会诗词创作委员会副主任，甘肃省文艺评论家协会理事，甘肃省楹联学会常务理事等。出版《听雨南窗》《长河秋月》《大河晴澜》。

2023.7.26 星期三

癸卯兔年
六月初九

◎徐中秋

梅峰观岛

四围山色绿朦胧，十万青螺碧水中。
觅食凌波飞白鹭，翠湾转出画船红。

登天柱山

拔地穿云耸碧空，手摩星斗挽长虹。
纵横吴楚千秋立，俯仰乾坤一柱雄。
天上神仙多鼠犬，人间冠盖几蛇虫。
瑶池又有蟠桃约，驭凤骑龙八面风。

徐中秋，浙江省台州市人。高级讲师。浙江省诗词学会常务理事，台州诗词楹联学会常务副会长，黄岩诗词楹联学会名誉会长。著有《望峰楼诗文稿》等。

癸卯兔年
六月初十

◎曹继梅

菩萨蛮·阿依河印象

阿依如画描难就，画屏怎敌阿依秀。桂棹点琉璃，竹排拖绿漪。　　千寻高峡翠，一曲盘歌醉。云水两闲闲，我心云水间。

菩萨蛮·呼酒乌江畔

一弯新月蛾眉浅，朦胧水色琉璃软。花雨正缤纷，临江开酒樽。　　酌浆援北斗，醉问君归否。却道不须归，今生能几回？

曹继梅，女，1958年出生，现居辽宁省营口市。教育专业，现为民营企业董事长，营口市诗词学会副会长。

◎清　尘

晚　春

淡淡烟霞落水滨，晴光潋滟醉何人？
花香不与风同去，好共莺声留住春。

过海神庙旧址

遥看瀛洲水一方，愁怀到此逐尘扬。
西风漫扫蜃楼景，不尽涛声压夕阳。

清尘，原名王亚华，山东烟台莱州市人。烟台诗词协会和山东诗词协会会员。

2023.7.29　星期六

癸卯兔年
六月十二

◎ 刘一之

岭下小驻

云开山吐月，日对草如茵。
世故何人解，人情日日新。

楠溪中秋赏月

月满黑山风露凉，桂阴吹影度年芳。
谁人兔捣金波碎，何处萤飞桂雨香。
万里关河明落照，一宵池管动微霜。
凭栏不尽登楼意，更挂冰轮为尔忙。

刘一之，2000 年出生，原籍浙江永嘉。在校研究生，攻读数据科学。

◎袁才友

忆江南·赞江心屿

江心寺，流水沐朝霞。风奏潮音飞海角，山披云影守天涯。双塔更无瑕。 登屿日，梵宇煮新茶。残照楼中寻月色，雪痕亭内忆黄花。烟雨识年华。

醉太平·印象南塘

楼高远望，鱼游鸟翔。清风灌满荷香，忆南塘俊郎。 遨游四方，扬帆远航。归来不是他乡，更无须断肠。

袁才友，笔名逸阳，2000年生，童年在浙江度过。在校大学生。中国楹联学会青年学社社员，贵阳市诗词学会会员，四川自贡诗词学会会员。

癸卯兔年
六月十四

◎何 革

水磨沟马尾瀑

鞭出危崖遍体痕，飞珠溅玉下瑶津。
好凭尾上千斤力，来扫人间百丈尘。

登 天 雄 关

百年寂寞远嚣尘，漫向残碑辨旧痕。
石覆荒苔一径古，风寒老柏数鸦昏。
时空异变闻征马，钟鼓频传近佛门。
眼底沧桑心底事，幽思无限已销魂。

　　自注：天雄关，剑门蜀道之古关隘，位于广元市昭化区境内。现已废弃，关
旁建有寺院。

　　何革，1967年3月生，四川旺苍人。现就职于广元市水利局。巴山诗社社员，
广元市诗词楹联学会副会长。

◎杨子怡

刘伯温故里瞻拜诚意伯庙有怀

一庙森森举族荣，江山枉为独夫争。
古来几个容功狗，王佐帝师虚假名。

百丈漈山谷行

春消绿涨草茸茸，几树残英犹唱红。
径小仍期盘日去，谷深也盼与天通。
泉到穷途高炫白，云封绝顶厌争雄。
消闲半日虫诶我，晞发溪行一壑风。

杨子怡，字田力，号篱边散人，湘人居粤。教授，诗家兼诗评家，中华诗词学会常务理事，广东省诗词学会常务理事，有《篱边虫语》《木雁斋诗选》等诗集正式出版。

◎段　维

乌江凭吊

江水奔流去不回，青山夹岸首低垂。
崖如斧削苔轻点，怕被诗称无字碑。

秋眺武当南岩

凌虚高阁生玄妙，香冷龙头动楚吟。
壁吮残阳红透骨，松呼断雁绿操琴。
无为编织游仙梦，大难煎熬济世心。
向使英雄都羽化，山河终古气萧森。

段维，1964年生，湖北英山人。新闻传播专业教授。现任华中师范大学政治与国际关系学院党委书记，兼任中华诗词学会乡村诗词工作委员会主任、湖北省中华诗词学会会长，《心潮诗词》评论双月刊主编。

◎曹初阳

登含鄱口

临风长啸兴翛然，天外青松共管弦。
气自汉阳峰上起，烟于太乙谷间悬。
四围秋老飞红叶，一角云开幻白莲。
遥望鄱湖存古意，斜晖曾度子瞻船。

2023.8.4
星期五

游南岳紫盖峰感吟

形如紫盖入云深，南岳高峰且一临。
拾级千重循旧迹，掬泉几捧涤尘心。
时来钟磬无忧乐，每坐苍岩忘古今。
忽有鸟鸣空谷外，似传新句答知音。

曹初阳，别署静思居，江西庐山人。诗词爱好者。

癸卯兔年
六月十八

◎谢丙礼

题江心屿塔顶榕树

无土无肥塔顶栽，葳蕤长势掩苍苔。
莫非该树通人性，也学高攀不下来！

过钟秀园贞义书院感赋

承蒙雨露戴尧天，百客游园罗嶂前。
溯史村夫夸阁老，临池学子效张颠。
晨曦恋月依稀梦，晚霭随风淡薄烟。
总为乡愁饰重墨，瑶山景物动留连。

谢丙礼，1950年10月生，温州市龙湾人。中华诗词学会会员，浙江省诗词协会会员，浙江省楹联协会会员，龙湾区政协文史研究员。

癸卯兔年
六月十九

◎何香懿

游奉节感怀

桂棹迎波作夜游，千山侧过暮云收。

巍巍帝业湮黄土，漫漫江烟起白鸥。

人事变迁虽有梦，功名来去总无休。

何如两岸丹枫叶，化作诗怀万里秋。

登铜锣山

暇时乘兴上云山，碧水深潭枕石船。

风起微澜迎客棹，渚飞野鸟入秋烟。

徐行尘外无多事，淡扫眉峰忘宿缘。

闲坐鱼矶斜影瘦，丹枫一叶落樽前。

何香懿，字香凝，重庆合川人。中华诗词学会会员，重庆市诗词学会会员。教学之余，兼修诗词。

2023.8.6 星期日

癸卯兔年
六月二十

◎卢春志

咏温州雁荡山

秋雁归思落碧湾，九州景美最休闲。
奇峰怪石灵岩踞，飞瀑流泉湫水潺。
海上名岚神隽秀，寰中绝胜色斑斓。
知它草荡天湖丽，无愧东南第一山！

诗咏祁县风光

王维罗本出同乡，三晋商街识景光。
湿地昌源成上苑，乔家大院在中堂。
丹枫阁内才高广，长裕川间物博强。
最是河楼纱帽市，昭余胜迹自辉煌。

卢春志，河北人。新河鹅池诗社理事，河北省诗词协会会员，邢台市诗词协会会员。

◎万显梯

共登凤凰山烽火台

海色来年招雅客，旧时烽火约新诗。
遗碑寂寞风声远，山里春秋老凤知。

三门蛇蟠岛

诗上流云咫尺天，三门如画见新篇。
渔村古道横坡上，柳叶春光映涧边。
作态风枝花蝶舞，多情野浦水禽翩。
潮来海岸蟠蛇动，一岛琴声十万弦。

万显梯，浙江乐清人。中华诗词学会会员，温州山水诗研究会会员及温州市作家协会会员，乐清诗词学会理事。2013年出版《临江楼新诗一百首》。

癸卯兔年
立　秋

立秋，二十四节气中的第十三个节气，也是秋季的起始。于每年公历8月7日或8日交节。"立"，是开始之意；"秋"，意为禾谷成熟。立秋是阳气渐收、阴气渐长，由阳盛逐渐转变为阴盛的转折。在自然界，万物开始从繁茂成长趋向成熟。

◎四　夕

富春江畔叠咏十章（录二）

长莎浩渺围烟树，薄雾缠绵似锦铺。
三楚少卿林下士，四明狂客贾中儒。
云山隐见连江岛，水路遥思望海隅。
闲数落花分茗筑，坐看苔石燕相呼。

青山林下意踟蹰，暂住烟村对景沽。
远眺江清环列岛，近观山翠接层隅。
朝中尚及公卿客，世外空知山野夫。
欲向天涯问消息，千重云水放归途。

四夕，女，原名纪晓榕，1971 年生。现居江苏泰州。

2023.8.9　星期三

◎傅云英

谢 公 岭

谢公峻岭恰如龙，石级盘旋岚气浓。
山下老僧迎众客，崖边古洞响晨钟。
清凉泉水溪中淌，敏捷莺儿谷底冲。
花木修篁何茂密，屐亭谁又到灵峰。

清平乐·雁荡山中折瀑

漫游中瀑，隐在名山腹。一条白龙飞峡谷，雾里倾珠抛玉。　瑶池狂起吟声，崖边墨宝频呈。远眺奇峰锦绣，更添方竹娉婷。

傅雄英（笔名傅云英），乐清大荆人。现为浙江诗词楹联学会会员，温州山水诗研究会会员等。

2023.8.10　星期四

癸卯兔年
六月廿四

◎夏莘根

暑天逛温州五马街

五马飞奔街市行，忽思太守觉温馨。
砖雕仍见汉家赋，廊柱偏多欧陆型。
鼓舞仁风欣雅曲，搜罗禅道继骚经。
分明满耳古今乐，好为炎天写性灵。

酷暑访胜松台山

好风送我上松峦，映日荷香一笑欢。
宿觉名山怜绿绮，净光宝塔闪金丹。
深林石路经行窄，古庙禅台韵律宽。
最是寻幽忘寒暑，与谁说道几回看！

夏莘根，原兰空通信团有线电教员，丽水市委党校主任科员，浙江省诗词楹联学会会员，丽水市诗词楹联学会瓯江诗派研究会秘书长。

◎汪庆升

廊 桥 游

驱车三百里，一步上云间。
缭绕白云外，廊桥浮眼前。

过 楠 溪

世居山中山，云满田上田。
朝闻读书声，暮赏霞满天。

　　汪庆升，1963年生，浙江永嘉人。温州市非物质文化遗产木雕项目代表性传承人。现为高级工艺美术师、浙江省工艺美术大师，同时出任永嘉至上工艺品有限公司总经理，永嘉县非物质文化遗产保护协会副会长，温州市工艺美术行业协会监事长等。

癸卯兔年
六月廿六

◎刘洪玮

罗 浮 山

麻姑无恙变沧桑，积翠层峦引兴长。
授我仙经千里目，酬君丹诀九还方。
船山梅咏空余恨，苏子诗吟枉断肠。
却望飞云来去路，罗浮清绝胜潇湘。

惜余春慢·美地新居偶吟

鸟啭千回，花开万遍，终竟望春难住。夭桃繁丽，冶杏幽香，似笑美人迟暮。自是轻燕归巢，东风吹拂，欲飞杨絮。莫深苦，纵有浅愁何说，向谁倾诉。　曾忆不、初泛兰舟，汉皋闲语。更见青山无数。算易老年华，转添心绪，溅血枝头杜宇。却羡相如文采，拟效子虚，还教题柱。念鲲鹏击水，扶摇抟翼，积思成缕。

刘洪玮，字道璟，号芥斋、一号劢庵等，1984年生，山东武城人。现为中华诗词学会会员，德州市诗词协会会员。

2023.8.13 星期日

◎熊春生

南麂岛海上观日出

昏晓云乡割海平，众生俱寂隐虫声。
青霞羞涩启唇出，红日苍茫吐舌惊。
跌宕渔船揉破镜，依稀水面跃长鲸。
风光最爱南天外，一道霞光万里明。

登东蒙山

秋高气爽近郊巡，绿野投身觅本真。
问道东蒙披倩影，寻踪楠水沐清晨。
心随红日出林岫，步踏黄柯起露尘。
久在籓笼迷劳役，世间阆苑此芳邻。

熊春生，江西德安人。中学高级教师。中国楹联学会会员，温州山水诗研究
会会员。现在浙江省温州市某直属高级中学任教。

癸卯兔年
六月廿八

◎ 王振江

题泰山仙人桥

三石参差绝壁悬，相依紧抱几千年。
惊人鸟道千峰锁，出俗虹梁一线连。
犹是神工攀日月，欣逢鬼斧破风烟。
今时过客频兴叹，谁道危桥只渡仙。

扬州慢·乡村今昔

辽北乡村，水清土沃，遥望一马平川。绕村头河畔，尽绿野田园。到秋季、仓平囤满，鹿腾鱼跃，物阜民安。醉农家、衣食无忧，心快言欢。　　回思往事，念谋生、夜半无眠。遇疾急囊空，青黄不接，常断炊烟。历尽残阳寒月，心操碎、苦过千般。看今朝春色，金辉洒满人间。

王振江，高级政工师。曾从军十年，转业后在某央企从事党务工作。现为中华诗词学会会员，中国楹联学会会员。

2023.8.15 星期二

◎王益福

楠溪江山行

汤汤涧水响琤琤，百里楠溪若镜明。
端是泉源无秽染，在山水比出山清。

楠 溪 江

天凿清流百里开，峰峦叠翠出心裁。
可怜造化神奇手，却把蓬瀛移此来。

王益福，1951年生，乐清蒲岐人。退休教师，爱好诗词和书法。系浙江诗词楹联学会会员，温州王十朋研究会理事。

癸卯兔年
七月初一

◎艾　叶

观瀑亭

蒸云近水碧，叆叆傍溪亭。
千尺飞流下，瀑声扶醉听。

刘基故里

南田山水秀，故里仰奇峰。
功业追姜尚，至今传斩龙。

艾叶，原名赵跟明，1966年生，甘肃天水人。中华诗词学会会员，甘肃省诗词学会常务理事，天水市诗词学会副会长。

◎李轶贤

过布袋山通天门

三石成门自在行，巨岩疑似破空横。
许君仙路凭君踩，偏恨天梯陡不平。

望海潮·坑潘人家

浙东佳地，台州韵味，坑潘诗里人家。坡吐熟梅，山含柿子，火红羞煞烟霞。松柏约桃花。尽情涂画卷，云雀喳喳。黄鸟啾啾，春来溪底卧龙虾。　　悠悠梦抱芳华。看洋楼别墅，藤蔓篱笆。明月入怀，清风叙旧，逍遥日子谁夸。涓滴煮香茶。兴至吹横笛，逗弄莲娃。村口千年樟树，鹤舞满枝丫。

自注：坑潘，浙江省美丽乡村。

李轶贤，女，浙江台州人。中学教师。中华诗词学会会员，温岭诗词协会理事。

2023.8.18　星期五

癸卯兔年
七月初三

◎朱　啸

茅竹山行

翠竹葱茅覆此山，勾留宜奉趁衣单。
中天电母输神力，不屑西峰夕照残。

栖霞山用小敏女史诗韵

六朝烟景自繁华，湖上轻舟暂作家。
夕照穿云光九阙，红衣拂柳说三衙。
但凭荷盖摇波水，不复樱洲落雨花。
岚霭纷纷生气象，天将尽处笑流霞。

　　朱啸，江西省修水县人。曾任乡镇党委书记、县直单位负责人及政协修水县第十四届、十五届委员会副主席，现任修水县政协二级调研员。兼任修水诗词学会会长、山谷诗社社长。

◎刘结根

环江县沿江暮归偶作（二首录一）

环江乘夕照，春色半青葱。
嫩泡纤纤柳，香回细细风。
画楼争左右，碧水自西东。
问客何为乐，途穷景不穷。

环江闲步

幽栏曲径草萋萋，缓步随心望眼迷。
画里青山争造化，江边绿树比高低。
舟行一水清风返，鸟度三桥赤日西。
余亦逍遥真可乐，何妨对景赋新题。

刘结根，网名文刀555，安徽潜山人，60后，农民。业余诗词爱好者，时在茶余酒后聊作随笔，记录生活。

癸卯兔年
七月初五

2023.8.20

星
期
日

◎孙临青

萧山湘湖出土独木舟

沧桑阅尽八千秋，古越犹存独木舟。
想象先民开拓日，一篙风雨逆横流。

访萧山临浦镇西施故里

幽篁野水苎萝村，来吊芳姿石塑身。
霸越当年凭美女，招商故里炫名人。
功成西子孰知恨，事去东邻尚效颦。
作俑范蠡遗妙策，汉唐踵武重和亲。

孙临青，1944年生，辽宁盖州人。退休前任教于盖州市教师进修学校，高级职称。中华诗词学会教育培训中心高级研修班导师。

◎陈金贵

蓬莱胜境

高楼山水画图功，大号诗亭陆放翁。
翠岫鸟翻屏幅里，碧溪人对镜花中。
春风沃野三千绿，秋雨丹枫十万红。
玉带青螺双媲美，蓬莱不及此称雄！

盘 谷 吟

山外青山谷口西，帝师胜迹贯虹霓。
古松来雨盘龙语，奇石迎风跃马嘶。
片片荷花挥碧袖，群群锦鲤贯青溪。
郁离廊上轻风外，更喜喧蛙闹鼓鼙。

陈金贵，笔名香村处士。1943 年生，瑞安市云周街道人。从教 10 年，公司会计退休。

癸卯兔年
七月初七

◎陈宏元

常德野外秋韵

野色连低日，疏烟隐远楼。
星垂秋水外，月出荻花头。
人语惊凫鸟，沙光泊渡舟。
任他风复起，听惯一江愁。

空津即事吟

暮雀绕空津，危桥惜月新。
隔溪蝉噪晚，靠渡棹回频。
海色依云畔，山光傍水滨。
叶黄如雨落，惆怅忆先秦。

2023.8.23　星期三

　　陈宏元，1964 年 8 月生，湖南省常德市人。自由职业。现为中华诗词学会会员，常德市诗词学会会员，常德市诗词学会城东分会副会长。著有诗词集。

癸卯兔年
处　暑

　　处暑，二十四节气中的第十四个节气，也是秋季的第二个节气。于每年公历 8 月 22 日至 24 日交节。时至处暑，已到了高温酷热天气"三暑"之"末暑"，意味着酷热难熬的天气到了尾声。

◎姚茂如

过川岩随吟

潺潺流水绕村前，侗寨风情别有天。
挺立群峰奔眼里，白云生处几梯田。

咏鱼塘水库

碧波荡漾入云巅，错落农家画里眠。
锁得清流防旱虐，不须翘首盼天泉。

姚茂如，1960年生，湖南省新晃县人。诗词爱好者，龙溪诗社理事。

2023.8.24 星期四

癸卯兔年
七月初九

◎吴必荣

苗山赏雪感吟

漫天飞絮落纷纷，满目银装失见闻。
爱我江山同一色，不将红绿近膻荤。

武当山感怀

仙山莽莽列虚空，此处风光天下融。
殿宇恢宏凝瑞气，台前绰约拥奇桐。
池潭龙隐千秋仰，石涧功传万世崇。
问道当来神圣地，红尘安肯隔西东！

吴必荣，湖南省新晃县人。新晃老年大学副校长。中华诗词学会会员，湖南省诗词协会第六、七届理事，湖南省老干部书法家协会会员。著有诗联集。

2023.8.25 星期五

◎石 松

雁荡山

声名海上山，岁岁雁回还。
林翠明湖色，仙藏水一湾。

苍南玉苍山国家森林公园

苍南西北屹，八面尽环山。
石怪林湖异，人惊不老颜。

石松（刘金玉），甘肃镇原人。中国楹联学书法艺术委员会委员，甘肃省诗词学会理事兼书画艺术委员会副主任，庆阳市诗词楹联学会副主席，镇原县诗词学会会长。著有《石松吟草》等。

2023.8.26 星期六

癸卯兔年
七月十一

◎叶德新

故里沙头行

故乡山脚下，楠水自东流。
今日重来也，谁知古渡头？

游 楠 溪

一舸楠江上，身如画里游。
烟村沿岸在，不觉屡回头。

叶德新，1971年8月生，浙江省永嘉县沙头镇人，今定居温州市区。温州山水诗研究会会员。现在从事房产销售行业。

◎潘伟然

秋日登神农山所

九月天清暑尽收，轻车待晓下怀州。

登高径起千层意，望远方消万段愁。

寂寂长风崖上过，离离墨色画中收。

新凉解意罗衫客，款款吹来一树秋。

2023.8.28

星期一

满江红·秋　兴

　　万里霜天，层峦外、飞云漫卷。抬望眼、翠松含黛，野林枫晚。几点黄花犹带俏，无边秋色归芳甸。薄风过、吹滟滟波光，江如练。　　空山静，翔鸟啭。车为马，尘嚣断。看烟峰幽壑，几多兴叹。来去人间随日月，尽将佳境留无限。君可知、一向任平生，当行远。

　　潘伟然，网名然也，1976 年生，河南郑州人。现就职于台湾飞宏集团。

癸卯兔年

七月十三

◎熊　轲

玉楼春·游　山

　　缥缈云山鸿影远，芳草悠悠新翠满。蚩声无数水光寒，诗写自然宜古简。　　不负风流因醉眼，此个吟魂留小院。归来俚曲伴人眠，往事须酬花困倦。

沁园春·江家艺苑吟怀

　　绿道香融，玉蝶花繁，莺儿对啼。有敞坪童戏，亭台水韵；文章真味，醉赋佳期。可爱风光，自然物色，岁月悠悠皆入诗。太平乐，笑含情无数，取适时宜。　　留连万籁华滋。锦江梦、游心正咏斯。喜清歌得伴，邀迎共赏；唱酬随意，感寓天姿。一豁吟眸，流年不负，写景从容惬品题。因缘字，慷慨舒望眼，振藻犹迷。

　　熊轲，1999年生，宁夏中宁人。杂志和报纸编辑，宁夏作家协会和自贡市诗词学会会员等。

2023.8.29　星期二

癸卯兔年
七月十四

·241·

◎陈 坤

登晴川阁

登阁赏清秋，江天一色柔。
烟生遐迩岸，雨打往来舟。
险隘陈当道，长桥枕去流。
昔人虽已杳，依旧水悠悠。

凉伞云遮（璧城八景之一）

登云石伞四时张，时有祥云驻岭长。
雨醉花时飞鹤白，风摇柳处落莺黄。
耕夫不碍分坪翠，行客犹能借石凉。
疑是女娲深意在，通灵留此庇千乡。

陈坤，网名闲啜风云。1973年3月生，重庆沙坪坝土主镇人。现居云南省西
双版纳州景洪市，为结构设计高级工程师。中华诗词学会会员，云南省诗词学会
会员。

◎蔡文爱

姑苏有赠次韵
——平阳县纪念俞德邻公诞辰790周年

次　韵

西湖歌舞正娉婷，北狄铁蹄倾帝城。
粟拒新朝余狷骨，魂牵故国佩韦情。
水头垂钓有归宿，京口遣怀无去程。
但问乡关何处是，雁山林下晚烟横。

沁园春·平阳腾蛟秋韵

　　九月秋光，十里松涛，百载缸窑。正卧牛斜岭，丹霞缀树；带溪曲岸，金蕊垂梢。古老村居，新奇奥馆，画韵风情处处娇。夕阳下，看炊烟袅袅，梧叶萧萧。　　街灯丽影妖娆。听玉笛声中涌似潮。念霁园诗骨，事堪泣鬼；弈林壮举，碑足摩霄。一代宗师，几何功德，名冠五洲星斗遥。暮色里，看南瓯名镇，起凤腾蛟。

　　蔡文爱，年龄61周岁。曾任村主任，现为浙江省诗词楹联学会会员，平阳县诗词楹联学会理事等。

◎程毅中

陶 公 洞（有序）

陶公洞在永嘉大若岩，祀陶弘景及宋人胡则。胡公为温州太守时，曾减轻农民赋税，人奉之为神，甚至称之为大帝。

陶公为良医，胡公为好官。二公居一洞，百世受香烟。神话未必信，民心实可观。功德无大小，遗爱至今传。

2023.9.1 星期五

雁荡山纪游二首（录一）

雁荡奇峰多似笋，龙湫飞瀑细于丝。
天公自有凌云笔，何苦沉吟强作诗。

程毅中，1930 年 3 月生，苏州人。曾任中华书局副总编辑，现为中华书局退休编审、中央文史研究馆资深馆员、中华诗词研究院顾问。著有《程毅中文存》《月无忘斋文选》《宋元小说家话本集》《月无忘斋诗存》《当代中华诗词名家精品集——程毅中卷》等。

癸卯兔年
七月十七

◎开心无忌

秋日登五星奇潭

初霁登高好，清泉抱翠流。
松风吹过岭，捎带一山秋。

苏幕遮·三台湖吟晚

暮云飞，疏雨歇。野径风轻，翠敛千千叠。碧水滩音归晚楫。十里烟波，染遍残阳血。　　倚栏杆，伤岁月。曾几何时，鬓上斑斓雪。宿鸟啼林肠欲结。孤寺钟声，几杵青山绝。

开心无忌，浙江省永嘉县人，现居杭州。某企业董事长退休，热爱诗与远方。现为温州山水诗研究会会员。

2023.9.2　星期六

◎赵安民

游西林寺

南去浔阳别有天，匡庐北麓雨生烟。
久闻东寺虎溪笑，偶结西林觉海缘。
面目本来遐迩异，心胸岂为饱饥悬。
云开日洒佛光普，翠豁群峰到眼前。

定风波·庚子秋登黄鹤楼

神话由来享盛名，唐诗故事久蜚声。谁使诗仙都害臊？崔颢。诗排榜首世人惊。　　送走瘟神夸武汉！鏖战。全民抗疫志成城。登眺向来征战处，威武。心潮涌逐浪潮升。

赵安民，字师之。编审。现任中国书籍出版社副总编辑，《中华辞赋》编委；兼任中央国家机关书协会员，中华诗词学会常务理事兼科技文创诗词工作委员会主任，中国毛泽东诗词研究会常务理事，北京诗词学会副会长等。

2023.9.3 星期日

◎徐爱香

玉海新秋十韵（十首录二）

其 一

潮涨青芦两岸秋，蛩鸣劝织伴清讴。
采芝径远商山老，不叹人生易白头。

其 二

独入愚溪寺里秋，与君相约上蓬丘。
无心采得神仙果，踏曲归程见月钩。

徐爱香，瑞安市人。沿江社区主任退休。瑞安诗词学会会员。

2023.9.4 星期一

◎郝为安

黄崖关长城

昂霄耸壑势峥嵘，风里犹传鼙鼓声。
四望河山频易色，雄关犹对乱云横。

盘　　山

望里三盘暮雨深，风尘不负此登临。
鸣泉滚雪寒霜径，寺鼓萦空省客心。
一壑云烟埋帝跸，万松气韵起龙吟。
堪怜最是峰头月，独许清光和酒斟。

郝为安，网名船家、塞北船家，吉林人。旅居天津。天津诗词学会会员，中
华诗词学会会员，公务员岗位退休。

2023.9.5
星期二

◎蔡起宝

八月十五日登鹤顶有寄

东海波光摇月圆，秋蝉声里寂无边。
家山鹤顶接天起，不负相思万里传。

相见欢·过荷塘感题

　　荷池清夏销魂，画中人。风挾雨飞阵阵、过莲盆。　　笔端意，案上纸，眼波存。醉墨淋漓点点、似星辰。

　　蔡起宝，字静风，号圣莲居士，别署襄公之后、京华三珍堂主人。国家一级美术师。现为中国道教协会道家书画院委员，温州山水诗研究会理事。出版《实力派精英·蔡起宝专集（荷花）》《中国当代名家画集·蔡起宝》《中国画名家作品集·蔡起宝写意梅花》等。

癸卯兔年
七月廿二

◎胡小艳

临江仙·武潭茶园

阡陌远穿百亩，晴光尽染千峰。春茶舒秀正葱葱。暖风熏欲醉，襟袖带香浓。　　燕剪柳丝袅袅，莺梭花底匆匆。多情都入画屏中。烟霞堪共赏，况味与君同。

浣溪沙·罗溪瀑布

挟雨携风势若洪。银瓶乍破气雄雄。苍崖幽涧响淙淙。　　心比奇男摧霹雳，情钟素女媲芙蓉。有缘同向海天东。

胡小艳，1988 年 9 月生，湖南桃江人。

癸卯兔年
七月廿三

◎陈旭东

湖畔居茶楼品茶观西湖

一缕茶烟碧，几荷扶日红。

噙香何所念，清气溢丹衷。

秋日游湘湖

神驰绝景荡飞舟，踏浪拖云水墨稠。

笔浣烟光何所寄，幽襟不负一湖秋。

陈旭东，70后，广东省河源市紫金县人。职业医生。中华诗词学会会员，中国楹联学会会员，岭南诗社社员，广东省楹联学会会员，河源市诗词协会理事，紫金县诗联学会理事。

癸卯兔年

白　露

白露，二十四节气中的第十五个节气，秋季第三个节气。于每年公历9月7日至9日交节。白露是反映自然界寒气增长的重要节气。由于冷空气转守为攻，白昼有阳光尚热，但傍晚后气温便很快下降，昼夜温差逐渐拉大。

◎ 王少刚

五一间和德生忠彦乡间采风得句

旧陌新耕远，轻风送野香。
溪清侵草绿，岭断染鹅黄。
折柳沿平岸，啼莺绕短冈。
牛鞭挥晚照，红杏满衣裳。

与郑综忠彦踏雪仙人洞遇雾凇二首（录一）

白日轻岚远，冰花缀碧松。
荒阶无逸客，空寺倚孤峰。
云落芦汀淡，风来柳影重。
仙人多寂寞，闲琢玉芙蓉。

王少刚，1951 年出生。退休前为磐石市残疾人联合会副理事长。中华诗词学会会员，吉林市雾凇诗社等社员。

2023.9.9 星期六

癸卯兔年
七月廿五

◎许建荣

牯牛降

传说神牛降此峰，千年静卧被云封。
板悬栈道通荒径，壁出藤萝挂老松。
乱石叠泉山有骨，密林锁雾水藏龙。
攀援恍觉天人近，更向春深访道踪。

咏九华天池胜境

太朴峰高破曙云，天池金液洗尘氛。
波明一派回兰桨，秀耸九华排鹤群。
别浦跨桥仙谷近，飞泉漱玉妙香闻。
性灵有韵逢秋色，水宿山行草木薰。

许建荣，女，网名白雪仙子，黄山市黟县人。中华诗词学会会员，安徽诗词协会女子工委副主任，黄山市诗词学会副会长，黟县作家协会理事。

2023.9.10 星期日

◎陈其良

踏莎行·楠溪曲

　　暇日寻幽，楠溪放目，山川尽染春风绿。奇峰秀水甲东南，人间天赐蓝田玉。　　谢客扬帆，陶公驻足，诗鸿历代频相续。溪光山色总迷人，今朝醉在漂流谷。

　　自注：谢客指"中国山水诗鼻祖"谢灵运，陶公指隐居在大若岩之"山中宰相"陶弘景。

2023.9.11　星期一

满庭芳·登洞头望海楼感赋

　　波拥青螺，云烘红日，百岛环抱琉璃。排山潮汐，残雪拍崖飞。遥看仙人叠石，最高处、共与天齐。烟墩上，崇楼镇海，画栋尽流辉。　　神驰！多少事，驹光已逝，梦蝶犹回。忆抗倭英杰，护海娥眉。今日桥连八岛，邀佳士、把酒裁诗。东南望，半屏隔浪，何日了相思！

　　自注：洞头民谚"半屏山，半屏山。一半在洞头，一半在台湾。"

　　陈其良，字雅正，号梧冈斋主，温州瑞安人。中华诗词学会、中国楹联学会、浙江省诗词与楹联学会会员。

癸卯兔年
七月廿七

◎谢新民

雨中瓯北码头闲吟

瓯北渡温州，兴衰老码头。
雨中话遐迩，江上赋春秋。
笑看沧桑变，静观朝市游。
塔尖虽醒目，岁月可曾留？

永乐古道吟

每咏歪诗古道边，烟林日落未成篇。
叮咚泉水舒心曲，催我芜词"无乱编"！

自注：无乱编，即所谓"随意写"也。

谢新民，网名为雨后天晴，1951年生，永嘉县上路垟人。初中肄业，曾经务农、经商，为生产队当会计。现为温州山水诗研究会会员。

2023.9.12 星期二

◎江边老吕

黄鹂绕碧树·章渡一日

宜在江边酹，船歌俚调，浅深分布。小渡悠闲，任寻常足迹，偶然傩舞。绿波沁我，便东去、湍声如鼓。烟渺处、取次拈花状态，憨顽相顾。　　惬意溪砧巷雨。把春秋、平淡留住。晾杆上、泛尘尘屑屑，都是乡土。竹涧啸呼魏晋，渚下却流湘楚。清凉一掬山风，不知归路。

如鱼水·过八廓街转经道上

持愿持虔，转山转水，莫是乞福尘香。此路悠长。经幡飘在沙冈。玛尼旁。经轮握、形态凝庄。更贴伏、牵雨牵风，似看人世尽微茫。　　多少颂，几回祥。千百俗眼相将。一诺深藏。时人时运时光。可能偿。天也近、若有魂张。但行脚、许作生涯守候，只为系垂杨。

江边老吕，实名吕勇，退休闲人。现居芜湖，嗜好传统诗词曲。

癸卯兔年
七月廿九

2023.9.13 星期三

◎章秋生

游抚仙湖

碧水波光接远天，轻舟泛浪自悠然。
凝眸秋色催人醉，疑是西湖家已迁。

游栖霞山

一山幽静远浮华，牵动神州千万家。
霜染红枫非赤眼，风吹白浪过青纱。
高台纵览金陵景，野涧常开碧玉花。
独有禅林多自在，声声钟鼓伴流霞。

章秋生，1950年出生，江西修水人。本科学历，中学高级教师，中华诗词学会会员。

◎郑家安

倒马关

烽烟谁作证，苍老古关城。
八面旗枪堞，四围兵马营。
落霞俄改色，孤鹜有余声。
鹰击长空旷，常山剑气横。

2023.9.15 星期五

富春江

地灵人杰在东吴，碧水光摇万斛珠。
峰纵浮云远迁雁，舟横残照近游凫。
风流人物已陈迹，形胜江山空画图。
一种沧桑生感慨，忍看骚客醉中呼。

郑家安，江西省都昌县人。曾在电影、部队、公安、政府机关等部门工作。现已退休，客居广州。

癸卯兔年
八月初一

◎周锦飞

扬 子 江

鱼龙风雨夜崔嵬，亿劫苍黄酒一杯。
纷渡衣冠随鸟没，太平耕凿仰春回。
掬波欲揽千家月，读史如闻万壑雷。
毕竟东流初不返，少年心事莫徘徊。

香 山 湖

云壑深流送冷香，粼粼鸭绿逗斜阳。
吴王幽径松吟杳，野老长桥枫染将。
入抱嵯峨依塔影，填膺汗漫起霞章。
东风已约东坡上，要与梅花醉一场。

2023.9.16 星期六

自注：张家港香山下有香山湖，湖山掩映，山有夫差西施采香径、东坡梅花堂等古迹，湖于近年规模扩大数倍。

周锦飞，网名柳五，江苏苏州张家港人。张家港市诗词学会会长，苏州市诗词协会常务理事，上海大学中华诗词创作研究院特邀研究员，兼为张家港市非物质文化遗产（沙洲古文吟诵）代表性传承人。

游西樵山

步韵陈白沙《舟经西樵》

山崖瀑布岭濛濛，碧水淙淙直向东。
暮鼓峰回秋梦里，晨船浪荡画廊中。
无心宝寺求天地，有意莲台沐雨风。
最是名山生态美，蜂飞蝶舞恋花丛。

附：明代陈白沙《舟经西樵》："青烟落日江濛濛，百丈曳过樵岭东。万里山河秋色里，满船笳笛浪声中。衰颜下照波涛日，幽思长吟岛屿风。却望苍梧在何处，东篱今负菊花丛。"

游泉州开元寺

寻幽古刹岂心灰，两塔凌空石妙堆。
一曲仙歌传佛教，三湘俗子拜莲台。
侨城细雨凝眸望，寺庙馨风扑面来。
却报高僧留法宝，虔诚祷告莫徘徊。

自注：高僧，指弘一法师李叔同。

陈麟，学名习飞，微信网名麒麟，广州人。湖南诗协岭南儒商诗会副会长兼副秘书长，《上海滩诗叶》执行副主编等。

癸卯兔年
八月初三

◎王丽珠

冠 冕 峰

风高顶戴不沾尘，玉雪千年净此身。
俗世谁人说儒雅，近前切莫比清纯。

梯 云 峰

青峦瀑落雾生寒，天影烟光泛玉澜。
峰架云梯攀不得，源头哪许俗人观。

　　王丽珠，网名晚秋红叶、珠丽春明，女，吉林梅河口人。中华诗词学会会员，
吉林省诗词学会理事，吉林梅河口诗词楹联学会副会长兼副秘书长。某诗词民刊
副主编。

◎张庆辉

凌晨六时从根宫佛国赴屯溪机场返滇

乍别三衢走郁盘，长车载我入青峦。

楼台掩处溪云起，十万吴山隔雨看。

戊戌仲夏与海内吟俦十数子
雨游根宫佛国夜宿醉根山房

来向江南结佛缘，三衢道上碧连天。

有时帘雨隔亭榭，终日林泉浮霭烟。

披蔓山窗能得月，抱云岭树可眠蝉。

最怜池畔谁私语，一夜呱呱到枕边。

张庆辉，回形针传媒高级合伙人。曾任某都市报评论部主任，资深传媒人和文化策划人，多次组织全国性诗词文化活动。

2023.9.19 星期二

癸卯兔年
八月初五

◎孙　燕

游大明湖

大明湖畔柳丝长，四面清荷向暖阳。
竹港平桥犹带韵，镜亭卧石自含香。
辛词峭绝开天地，曲水潺湲爱景光。
万里江山谁是客？从来不朽是文章。

临江仙·羊毛沟

片片白帆鸥鹭影，清波低语蒹葭。垂髫稚子弄泥巴。桃源深似梦，几处觅浮槎。　　此地风光堪入画，歌声飞向谁家。人潮花海不须夸。凭栏香满袖，何必走天涯。

孙燕，女，笔名子洺，山东省青岛市即墨区人。

2023.9.20　星期三

◎孙正义

家山秋夜

月落秋山万籁销，栏干独倚晓星遥。
寒蛩幸解幽人意，故作琴声慰寂寥。

瓯江秋夜

鹜影霞光暮齐落，秋江夜月共潮升。
迷离霓岸三更梦，赫耀星城万户灯。
百岁人生成与败，千年古郡替耶兴。
歌声几处飘悠远，露湿高栏静自凭。

孙正义，籍贯永嘉。律师，现任温州市职工法律维权中心主任。温州市诗协会员，诗词爱好者。

2023.9.21
星期四

癸卯兔年
八月初七

◎陈彩祥

九仙山寻幽

幽连绝壑远嚣哗，曲径蝉鸣兴不赊。
欲问清溪何处去，翠微深处两三家。

云雾山晓行

天开晓色一声鸡，澹澹水阴初日低。
几处嫣红蜂自至，满坡新翠鸟争啼。
诗情每向湖山起，豪气直堪霄汉齐。
峰转犹疑旧时路，轻风拂过白棠梨。

陈彩祥，女，1971年7月出生。教师。中华诗词学会会员，日照诗词学会常务理事，日照楹联学会副会长兼秘书长。

◎傅筱萍

近日入山见满树冰凌而作择韵得冰字

冷气无穷尽，深山正结冰。
体坚肌莹玉，影洁貌如鹰。
万仞松梢折，千峰涧水蒸。
东风怜此意，稍后柳芽增。

登黄山莲花峰

临风一路上苍巅，手揽明霞朵朵妍。
人歇云山心自静，莲开日月色常鲜。
江河成线指间过，华岱堆峰膝下眠。
入夜香沙池畔曲，凭谁高唱和游仙。

傅筱萍，网名汉云精舍，出生在汉口，祖籍江西修水。中学高级教师。中华诗词学会、中国文章学研究会、江西省作家协会会员，江西省诗词学会理事并女工委副主任，修水作家协会副主席，山谷诗社常务副社长。

2023.9.23 星期六

癸卯兔年
秋　分

秋分，二十四节气中的第十六个节气，秋季第四个节气。于每年公历9月22日至24日交节。秋分这天太阳几乎直射地球赤道，全球各地昼夜等长。"分"即为"平分""半"的意思，除指昼夜平分外，还有一层意思是平分了秋季。秋分日后，太阳光直射位置南移，北半球昼短夜长，昼夜温差加大，气温逐日下降。

◎朱超范

孟楼潮韵

浩然正气竞风流，欲赏瓯潮上孟楼。
夜静真宜动幽思，月明可以发清讴。
涛音漱石千年韵，树色弥江一派秋。
正是天高寰宇净，好驰银汉泛轻舟。

春城烟雨

因是空蒙显紫微，携来薄雾漫阴霏。
夹城夹谷皆无虑，为雨为烟应有机。
沙渚飞花驱腊气，江涛拍岸发春辉。
沧洲不负东风意，早已阳和伴燕归。

朱超范，号于越散人，别署渔浦痴叟，浙江萧山人。中华诗词学会会员，浙江诗词与楹联学会理事，杭州市诗词楹联学会副会长。

◎卓大钱

家在雁荡

也作潮音诵法华，芙蓉峰下道人家。
疏疏野绿三时雨，点点秋黄九月花。
园圃新蔬和叶长，堤塘老柳与风斜。
相逢不必问名字，雁荡原来属永嘉。

2023.9.25　星期一

游 洞 头

洞头城外海连天，拟向蓬山系小船。
人有文章真富贵，心无挂碍是神仙。
玉壶斟酒杯杯绿，渔岛吟诗句句鲜。
风起潮生今忆昔，抗倭土炮证当年。

卓大钱，1949 年出生，乐清人。乐清市诗词学会会员，农民。

癸卯兔年
八月十一

◎饶小鹏

修水赏秋

望眼黄昏近，天边夕照收。
随风云隐隐，向晚水悠悠。
枫叶方红火，蒹葭已白头。
闲身无所乞，犹赏一眸秋。

醉花阴·秋　山

　　老去光阴宵复昼，九九重阳又。邀友向高攀，一岭丹枫，欲把天燃透。　　峰峦自是秋来秀，却惹西风咒。纵落幕斑斓，犹挺山梁，不使初心瘦。

　　饶小鹏，江西修水人。主任编辑。中华诗词学会会员，中国广播电视学会会员，北京市诗词学会会员，江西省诗词学会会员。

2023.9.26　星期二

◎张桃红

王官峪之春

风携花信入，景象一时新。
来往柳荫路，起居莺比邻。
无枝开旧朵，流水是今身。
未有韶光返，焉能不惜春。

贻　溪

灵气一溪满，道机安可云。
傍崖双瀑合，出谷两渠分。
林密影常隐，境幽声远闻。
清流经跌宕，造化浩无垠。

张桃红，笔名义路仁心，山西省永济人。中华诗词学会会员，永济诗词楹联学会副会长。

2023.9.27

星期三

癸卯兔年
八月十三

◎李　米

珊溪水库对荷吟

绿叶阴浓拂暑天，红妆四面一溪连。
柳枝轻舞因风起，却对芙蕖听雨眠。

访文成山居

溪水清泠石径长，兰舟西畔出斜阳。
深林幽馆无鸣吠，唯有风微拂稻香。

　　李米，1976年生，温州文成人。数学教师。温州山水诗研究会会员。性喜游
山玩水，爱读诗词曲赋。

◎贾树森

登岳阳楼抒怀

秋染江南草木深，登临胜迹动诗心。

巍峨楼宇接云汉，浩渺湖波送石音。

范氏名篇千载诵，岳阳佳景万人钦。

此行难忘须歌咏，忧乐谁非说古今。

凤凰台上忆吹箫·游承德避暑山庄

避暑芳园，热河胜景，圣皇盛世名留。有嵌湖之岛，极尽清幽。星布殿堂楼宇，其格调、北合南流。怡心处，风光入画，一队沙鸥。　　曾游。自怜对此，惬意亦凭栏，小步层楼。眺翠荷潋涣，水色盈眸。应是蓬莱精萃，真旖旎、如意之洲。今犹忆，山庄古风，洗我闲愁。

贾树森，网名枫叶流丹，辽宁葫芦岛人。中学高级教师。中华诗词学会会员。现已退休。

癸卯兔年
中秋节

◎徐崇统

江心孤屿

几番风雨黯江心，欲认前朝何处寻？
幸有谢公遗迹在，一江流水伴清吟。

双尖宫棋盘岩

山下田禾黄又青，局中黑白看分明。
千秋传说人已杳，雨打风吹一石枰。

徐崇统，1964 年 3 月生，浙江省永嘉县人。中华诗词学会会员。现在永嘉县政协文史委工作。

◎刘道平

都 江 堰

千秋郡守盛名传，浅作长堤深凿滩。
鱼嘴争流何太急，向前一步自然宽。

破阵子·蜀中溽暑

入伏骄阳似火，未秋黄叶成堆。原上半枯池欲竭，窗蔽门关汗亦垂。可怜劳燕飞。　　格力空调纵好，循回冷气带尘微。一不小心风口上，涕泪难消紧皱眉。何时不再吹。

刘道平，1956年1月生，四川平昌人。四川省人大常委会原副主任。现任中华诗词学会常务理事、中华诗词学会创作委员会主任，《岷峨诗稿》社社长，担任四川省及成都市多家文学期刊编委会成员。著有诗集《三声集》，主编《现代蜀诗点评初卷》。

2023.10.1 星期日

癸卯兔年
国庆节

◎楼胜鲜

山村古树

古枫银杏千年寿，脚踏青山头入云。
莫道深秋寒已至，黄红绿紫各缤纷。

杭州孤山莲泉红白梅二首（录一）

莲池锦鲤影难觅，万木萧疏野草枯。
独有水边梅树好，一红一白斗清姝。

楼胜鲜，笔名鲜人。画家，书法篆刻艺术家。曾在王星记扇厂从事书画工作近20年，2005年入西泠印社孤山篆刻创作室至今，为篆刻老师。2019年篆刻教学场面入中央电视台焦点访谈栏目。

2023.10.2 星期一

◎陈增杰

谒温州江心屿文丞相祠

烽火当年一叶舟，南行万里走东瓯。

孤臣半壁支危局，双塔中川镇乱流。

乔木尚腾奇士气，惊涛尽洗古人愁。

丰碑高出相辉映，凛凛英风江上留。

自注：祠侧为革命烈士纪念馆，永垂不朽纪念碑高高耸立。

2023.10.3 星期二

登八达岭长城

汉塞秦关一望收，吹笳不见古边愁。

晴天蛇影横河朔，暮霭长流扼蓟幽。

卧雪将军鞭冷月，扶风豪士挽高秋。

缘何东北妖氛起，黩武从来土一丘！

陈增杰，曾用笔名欧公柳，室名豁蒙楼，1942 年生，浙江温州市区人。温州大学编审，《汉语大词典》（二版）编委、分册主编。致力训诂学、古典文学研究。出版《唐诗志疑录》《陈增杰集》《豁蒙楼散稿》《汉语大词典修订丛稿》（2020）等十三种。

癸卯兔年
八月十九

◎奚晓琳

松花湖四季（四首录一）

蒲岸蛙鸣夜，客槎摇柳湾。
钓星波衬月，掇味酒当班。
风解一襟暑，莺偷十里闲。
湖村余梦里，樵笛隐西山。

菩萨蛮·冬日长白山听泉

大弦款款小弦叠，峰前一曲玲珑雪。天幕启云晴，和鸣山鸟声。　　短歌川石调，长接春江棹。尘外有知音，美人松下琴。

奚晓琳，满族，吉林省吉林市人，居松花江畔。吉林市诗词学会副会长。

◎陈少平

楠溪江乘竹筏漂流

平波走筏逐潺潺，游戏人生似鸟闲。
两腋轻飘云水上，一竿撑进画图间。
浮沉宦海三千劫，出没文川十八湾。
退去青山仍有意，招吾留足洗风鬟。

与诸友游江心屿

流光溢彩玉珊瑚，夜舶蓬莱欲获珠。
望去江心双塔比，寻来山脚一亭孤。
空中似听谢公屐，月下还投太白壶。
吟罢飞眉临水叹，永嘉风物帝王都。

陈少平，号听雨舟主人，1964 年 5 月生，广东陆丰人。中华诗词学会理事，中国楹联学会会员，广东诗词学会常务理事，汕尾诗社社长等。

癸卯兔年
八月廿一

◎采芹生

过长江有感

江天极目意如何？无限襟怀感慨多。
兴遣一杯名士酒，帆扬千里大风歌。
人生成败凭谁定，世事沉浮转眼过。
莫道诗情吟不尽，波涛日夜任蹉跎。

登北固楼

豪情欲抒一登楼，不尽波光满眼收。
古木青山红日落，长风平野大江流。
云霞天际自浮影，英杰此时谁匹俦？
回首快哉千载事，男儿最是带吴钩。

采芹生，姓名陈志成，字恒之，辽宁大连人。曾为外企管理人员，现赋闲。

2023.10.6 星期五

癸卯兔年
八月廿二

◎刘荣干

题八咏楼（次韵易安居士）

几度沧桑梦一楼，江山迭代欲消愁。
诗家远去诗魂在，独守丹心向九州。

望海潮·金陵怀古

山形威压，江波暗涌，金陵自古称雄。莺语鹤鸣，龙蟠虎踞，豪贤隐现奇踪。因势好乘风。凭谁催急棹，梦逐飞鸿。胜地冲霄，中流击水竞成功。　　烟云变幻无穷。叹秦淮艳丽，建业仪容。天堑一方，王朝几度，都夸玉软香浓。难得善其终。任灰飞樯散，影绝楼空。且忆中山遗训，天下合为公。

刘荣干，笔名网名神游流韵，江西赣州人，现居云南昆明市。中华诗词学会、中国楹联学会、中国辞赋学会会员，深圳诗词学会名誉理事，

◎张朝多

闲步小楠溪

山村细雨霏，漫步不思归。
花落楠溪急，雾浓青竹微。
丰林遮寺影，邑客扣柴扉。
幽院人何在，风中烟鸟飞。

南塘春夜

东风细细柳丝斜，白鹿洲头旧酒家。
槛外水声堪入曲，窗前月色好烹茶。
当年醉眼共千盏，今日浮云各一涯。
犹记依依河畔别，春灯曳处落梅花。

张朝多，网名多多益善，浙江苍南人。四级调研员。上海诗词学会、上海沧浪诗社会员。

2023.10.8 星期日

癸卯兔年
寒　露

寒露，二十四节气中的第十七个节气，秋季的第五个节气。于每年公历10月7日至9日交节。寒露，是深秋的节令，干支历戌月的起始。寒露是一个反映气候变化特征的节气。进入寒露，时有冷空气南下，昼夜温差较大，并且秋燥明显。

◎谢增杰

题雁荡奇峰赠药愚兄

雁荡峰奇云锁山，苍岩飞瀑泄烟寰。
算他大谢未曾到，却羡药愚辞不还。

太行山写生

柔雨刚晴各不同，崖高峰秀万千重。
举目三秋须入画，苍山与我两从容。

谢增杰，1973 年生，广东云浮人。现任职于文化和旅游部艺术发展中心，国家二级美术师。中华诗词学会会员，中国楹联学会会员，中国画创作研究院研究员、中国画美术馆副馆长和黄宾虹画院副院长。

癸卯兔年
八月廿五

◎陈嘉栋

江　岸　吟

名驱逆水苦撑舟，利役横流去不收。
我自投闲江岸上，烟波满目看沉浮。

丙子立春后七日陪忠远诸青年登南雁后山新洞

胜境名川剩倦吟，年来无梦踩云深。
雁山敞谷虚怀待，春意溯溪登岭寻。
古刹幽崖高下路，闲花野果短长林。
追随小子后生辈，重起攀峰凌顶心。

陈嘉栋，原名陈家第，字狄子，1930年生，浙江平阳人。农家子，教师，离休干部。
著有《率吟集》《率吟新集》。

◎王剑宇

暮　霞

残霞云掩远山孤，倒影波中似有无。
且与雁湖同一醉，清风明月褪红酥。

浣溪沙·秋过瓯江所见

雁过瓯江逐浪花。辞枝木叶饰侬家。为秋再赋浣溪沙。　　细数秋痕成了了，才寻晓梦唱些些。江滨帆影泛仙槎。

王剑宇，网名烟瑜濛濛、宇音袅袅，女，温州人。现就职于中国人寿保险公司，追求左手写诗意，右手御风险。

2023.10.11 星期三

癸卯兔年
八月廿七

◎陈文斌

与友人同游南雁荡

黄鸟伴山舞，重崖滴露浓。
撑篙碧溪里，挥手自从容。

夜在画眉峰下寻诗有作

三折瀑边云自流，顺溪南雁两悠悠。
新词欲赋难着笔，半夜画眉峰下秋。

按：白云三折瀑布为我老家之名胜景点，在知音涧景区里，乃南雁荡山景区之组成部分。水流入小溪而成顺溪镇，即我老家也，一直流向南雁镇之南雁荡山。而寒舍即在画眉峰下，此实为我村人古时精神支柱般之存在也。

陈文斌，1983 年 3 月生，浙江平阳人。高级心理健康咨询师。现为温州山水诗研究会会员。平时爱好收藏字画、民俗物件和写作等。

2023.10.12 星期四

癸卯兔年
八月廿八

◎丁海群

游南惹古村后赋

隐隐山岚倦鸟归，翠流幽谷濯人衣。

樵夫倚醉烟篁里，指点云泉石上飞。

自注："南惹古村"位于江西省宜春市洪江镇太平山麓。唐贞观年间便建有能仁寺，明代更名为瑞庆寺（现仅存遗址）。1936年，中央湘赣省委曾进驻瑞庆寺辟场练兵，抗击敌军。

阁皂山行

独步寻幽正晓晴，丛林苍翠接空明。

双峰紫气摇天阙，八景丹光摄地精。

龟甲香凝尘幻影，鱼鳞松送步虚声。

欲追仙迹聊相问，误入桃蹊雏鹤鸣。

自注："阁皂山"位于江西省樟树市区东南，为道教名山，历史上与匡庐、玉笥两山齐名，合称"江右三大名山"。据载，先后有张道陵、丁令威、徐稚、葛玄、葛洪、朱熹等在此修炼或讲学。

丁海群，字孝先、署名龙池子，江西樟树市龙池人。"赣龙文创"总策划，中华诗词学会会员，樟树市作家协会会员。

癸卯兔年
八月廿九

◎吴文慧

漫咏南雁荡

群山红叶绣成堆，北雁南飞至此回。
幽洞青岚道气聚，丹崖翠壁佛光开。
双仙探宝玉人去，半月腾空天马来。
书院文风千古在，何时更见育奇才。

游西雁泽雅即景

雁峰行脉下西山，幽谷清溪几十弯。
两岸苍松添隽秀，百冈翠竹送斑斓。
崎岖石栈层层险，陡峭天梯步步艰。
揽玉空亭惊俯首，云峦四处挹秋颜。

吴文慧，号琴山居士，曾用名吴金明，1955年2月生。曾在县属集体企业工作。现为浙江省诗词学会会员等。

2023.10.14　星期六

◎陈春生

山东灵岩寺方丈院

面壁松萝面壁藤，尘劳释卷对青灯。
心排万籁蒲团坐，半味禅茶半味僧。

卜算子·杭州西子湖上

春水似秋波，人在波心处。为问嫦娥笑向谁？明月藏烟树。　　柳眼又青垂，花事东君顾。绿意红情载一船，犹记凌波路。

陈春生，笔名晨春声，1948年出生。北京作家协会会员，中华诗词学会会员，中国文物学会会员。著有《虎兕囚笼记》《辛弃疾》《中国印刷博物馆创始记》《定陵探险第一人》。

癸卯兔年
九月初一

◎张玉清

辛丑谷雨访宁红茶原产地漫江

溪山浥翠水萦回，雨润茶园绿满堆。
闭月春芽和露采，含香雀舌共云偎。
当年世博膺金冠，今日高朋捧玉杯。
一啜悠然消俗虑，此身疑入武陵来。

扬州慢·游扬州瘦西湖

千古名都，梦中仙境，古稀有幸来游。望平湖似镜，尽碧水悠悠。画船启、清波荡漾，柳丝摇曳，风送温柔。过虹桥、亭榭相迎，菡萏怡眸。　　几多逸事，越时空、涌上心头。想太白烟花，樊川旧梦，梦得沉舟。二十四桥明月，曾招引、白石生愁。到而今犹见，千年遗韵风流。

张玉清，字冰润，江西修水人。中学高级教师。中华诗词学会会员，修水县山谷诗社副社长，著有个人诗词集。

◎于子力

玉蝴蝶·游嘉兴月河古街

行古巷,绕回廊,拱桥流水长。粉蝶绕花房,迎风棕子香。　街前柳,牵人手,轻拂小雕窗。穿越旧时光,为君初试妆。

念奴娇·五女山城怀古

群山雄秀,见平峰壁立,雾缠云绕。十八盘行登顶处,一线天连王道。巨石横琴,松涛弄笛,犹拂当年调。钢矛铁戟,马蹄声远烟渺。　点将台忆雄姿,厉兵秣马,豪气萦襟抱。五女山城开伟业,敢与中原相较!遗址追游,朱蒙在否?把酒同舒啸!兴亡功过,任人评说多少。

于子力,女,网名月移疏柳、琴台,吉林省集安市人。在海关就职。中华诗词学会会员,吉林省诗词学会会员,通化诗词学会理事。

2023.10.17 星期二

癸卯兔年
九月初三

◎何明生

登 黄 龙 山

歇处农庄静，行时晓雨倾。
愈朝巅顶走，愈觉眼分明。

杨家坪林场小憩

数峰云袅袅，一水绿幽幽。
独坐青崖下，听蝉声渐收。

何明生，江西修水人。中华诗词学会会员，江西省作家协会会员。著有诗集。

◎丁德涵

过车桥抗日战场

寇氛五月鼓声喧，昔日车桥故垒连。
风鹤惊心枪影乱，山冈溅血剑光悬。
马嘶战骨迷荒草，鸦泣英魂集暮天。
回首驱倭瀛海外，依稀往事总潸然。

汉口野生芦花荡

蒹葭夹荡映龙宫，节细茎疏入画同。
水合三重连绢本，花飞四面挹屏风。
秋江静女鱼窥影，苍苇闲鸥雁击空。
汉口云天生态暖，娉婷尽在一滩中。

丁德涵，1954年10月生，江苏盱眙县人。中共党员。中华诗词学会会员。一生从事教育工作，现已退休。

癸卯兔年
九月初五

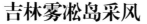

◎张成彦

吉林雾凇岛采风

雾蕴朦胧景，蓬莱有若无。
朝阳红玛瑙，雪柳玉珊瑚。
冰结玲珑意，霜凝锦绣图。
诗心澄澈里，放胆醉吟觚。

自注：颔联借用牧野君句。

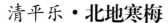

清平乐·北地寒梅

香薰窈窕，红粉刚刚好。犹记南姝曾嫁了，十载朝暾破晓。　　雪寒砥砺冰心，春光筑梦园林。剪影伊人如醉，凝神故事争寻？

张成彦,1957年9月生,网名诚然、孤舟钓客,吉林公主岭人。中华诗词学会会员,吉林省诗词学会副会长，公主岭市诗词学会会长。

2023.10.20 星期五

◎李建初

游狮子岩

胜境出天然，绣球狮子牵。
向晨携旧雨，入暮展新笺。
渺渺江波静，团团渔火燃。
箬溪多景色，日夜赏联翩。

九龙山纪游

犹入蓬莱飘欲仙，白云岭上忒悠然。
镜中瑶水幽相映，尘外桃源绝可怜。
四野茶园娇影迭，九龙清室淡香传。
远山且有殊风景，只惜斜阳送我旋。

李建初，浙江永嘉县人。永嘉县公安局原副局长，现为永嘉县山水诗研究会长。

2023.10.21 星期六

癸卯兔年
九月初七

◎李习之

文成林坑乡间所见

岩雨桃花发，梨云野鹜闲。
休讥乡曲士，黄犬弄其间。

夜宿文成月老山

巍巍横白石，隐隐卧云端。
山月当窗近，悠悠识岁寒。

李习之，2001年12月生，温州文成人。现为南京信息工程大学学生。

◎樊雪猛

秋湖小暑吟

别郭秋湖外，居村小暑前。

禾青先过雨，竹翠远闻蝉。

南圃一瓜客，东篱五柳烟。

风荷香入夜，谁复问趸眠。

江堤步月

蛙鸣蝉唱伴潮生，孤月华灯照水明。

两岸罗裙歌舞乱，一江天籁付箫声。

　　樊雪猛，1964 年出生，江西修水人。警察。喜欢旅游摄影，爱好书法。喜用诗词形式记录生活行迹。

癸卯兔年
九月初九

◎达照法师

慧云寺即景

云水微光寄此身，遥看天地若浮尘。
青山两岸都无语，唯有禅心逐梦频。

灵 德 同 修

山村小庙竹林中，碧水清流似镜同。
谢客无言唯念佛，潜心有坐也观空。
寻常德业行轻步，基本功夫礼大雄。
境界催人离别事，千峰过尽雨蒙蒙。

2023.10.24 星期二

　　达照法师，笔名天台子。现任中国佛教协会理事、中国佛教协会教育委员会委员，浙江省佛教协会副会长，中国佛学院普陀山学院研究生导师，温州市政协常委，温州市佛教协会常务副会长，温州佛学院副院长。出版《〈金刚经赞〉研究》《饬终——佛教临终关怀思想与方法》《永嘉禅讲座》《〈天台四教仪集注〉译释》《雪莲花》《禅心密印》《楞严大义》《大乘禅法十五讲》。

癸卯兔年
霜　降

　　霜降，二十四节气中的第十八个节气，秋季的最后一个节气。于每年公历10月23日至24日交节。进入霜降节气后，深秋景象明显，冷空气南下越来越频繁。霜降不是表示"降霜"，而是表示气温骤降、昼夜温差大。就全国平均而言，"霜降"是一年之中昼夜温差最大的时节。

◎郑建萍

虹桥秋野

云卷晴空浪，风吹稻麦香。

秋浓织锦缎，小语谱华章。

湖畔夜行

嫦娥玉兔语何处？树色湖光总默然。

每眺碧阑桥外景，令人长忆古婵娟。

　　郑建萍，女，乐清虹桥人。中学语文高级教师，任教于乐清市虹桥镇实验中学。现为温州山水诗研究会会员。

◎舒列甫

登 黄 龙 山

一山雄峙楚吴间，俯仰崔嵬远接天。
三省风烟奔眼底，两湖云雨荡胸前。
愧扶藤杖黄公径，羞倚磐岩吕祖肩。
幸有泉声堪洗耳，尘嚣何必叹华巅。

鹧鸪天·游马豿寺

一寺飞来嵌碧峰，疏钟清磬绕葱茏。龙腾天外云霞阙，狮吼岩前
涧壑松。　　山自在，水从容，当年烽火数英雄。且将万丈凌云气，
翻作弥陀佛语功。

舒列甫，1964年5月生，江西省修水县人民法院干部。中华诗词学会会员。

2023.10.26 星期四

◎夏桂芳

清平乐·通禅湖

一湖碧水，盛满经禅意。晨听梵钟催日起，况对青天如洗。　　莲朵浮在波中，鱼儿次第朝宗。打坐参详佛法，焉知不化成龙。

清平乐·咏晨露中帝元

浓阴环绕，招引高飞鸟。婉转歌声多美妙，唤醒帝元城堡。　　老来偏爱田园，野花临水新鲜。每日林间行道，倾听雀闹莺欢。

夏桂芳，笔名风雅钱塘，湖北武汉人。中华诗词学会会员，湖北省诗词学会会员，武汉市作家协会会员，武汉市新洲区诗词学会常务理事。

2023.10.27 星期五

癸卯兔年
九月十三

◎谢笃平

咏陶峰诗

花园旧苑守陶溪，陋巷苔花缀石梯。
放学儿童归去早，寺山脚下背诗题。

自注：寺山，为地名。

踏 溪 行

最美人间四月天，风薰柳色一溪烟。
江湖可有花诗酒，许我蓬莱在水边。

谢笃平，瑞安莘塍人。中国楹联学会会员等。

◎曾祥秀

游东浒寨景区

几番相约入云深，百里画廊延古今。
好汉坡留枭将骨，红岩寺隐竹郎林。
清心桥畔好疗毒，飞瀑帘前堪涤襟。
满目丹霞成一绝，天公况复降甘霖。

喝火令·魅力征村

廿里征村线，山青水碧苍。十年更迭褪陈妆。沙砾已成前事，油路展辉煌。　放眼河洲绿，提篮遍野黄。客行千里逐花香。不入征村，不晓此村庄。不饮菊花鲜露，怎识种花郎！

曾祥秀，江西修水人。基层公务员。中华诗词学会会员，江西省诗词协会会员，山谷诗社成员。

癸卯兔年
九月十五

◎陈永珍

天台夜雨

雨霁汉山云雾密，情丝千缕落湖渍。
谁知长发飘飘里，自笑风中雨湿裙。

过留坝见荷花漫吟

树梢燕雀噪何事，见我前来可共欢？
蛙鼓不知春渐去，芙蓉倩影转生寒。

　　陈永珍，陕西作家协会会员，中国诗歌学会会员，重庆网络作家协会会员。
出版有长篇小说及诗集。

◎蔡大营

游海棠花溪

追蝶嗅清香，欣然见海棠。
缤纷迷眼底，璀璨耀身旁。
信步青林远，安流碧水长。
何人同极目，华夏正春光。

2023.10.31 星期二

游 恭 王 府

秀水幽亭媲画廊，烟华府第焕新光。
抚门追史寻堂燕，睹院思今咏海棠。
银殿高低湮宠辱，暖楼衰盛证沧桑。
风云百载凝一寓，留与后来评短长。

蔡大营，网名若水人生，1957 年生，籍贯安徽省庐江。1976 年入伍，北京市军休干部。中华诗词学会会员，北京市诗词学会理事，解放军《红叶》诗社社员等。

◎阿　袁

辛卯元旦登陡门九台山即事

手扪万缕识霞蒸，日出九台弹指升。
一意登攀舒望眼，风云揽得最高层。

沁园春·庚子春节观永嘉书院游鱼有感

古树花黄，孤馆灯红，魂梦恓惶。记心中功业，自怀久远；客边况味，谁问温凉。细雨河干，轻烟山麓，忽听莺声引兴长。绿波漾，有万头锦鲤，时跃方塘。　　何须重问濠梁。知鱼乐、永嘉人自强。奈邪风一阵，眼中雀噪；闲云廿稔，身畔狐祥。立足千秋，伤心百里，对此春间感不遑。谁敢说，算渭滨当日，直付平章。

　　按：熊盛元先生曰：观鱼而兴慨，"眼中""身畔"云云，暗寓《国策·秦策》中"百姓不聊生"之悲悯情怀，立意甚高。

　　阿袁，原名陈忠远，温州永嘉人。温州山水诗研究会创会会长等。详见封面前勒口主编简介。

◎韩倚云

回乡过黄金台遗址

今古大贤谁爱财，君王何必广招徕。

领兵乐毅人何在，行刺荆轲事更哀。

仍抱清风归易水，重开新路过燕台。

若非此地乡音好，堆满黄金我不来。

临江仙·瓯江畔桃花秋季绽放，见而奇之

青帝今朝知我到，故教九月重开。一江细浪润红腮。相思千载后，抱梦敞幽怀。　　定是南庄情未了，远来再见裙钗。春秋两度莫疑猜。灵魂穿隧道，不改旧形骸。

韩倚云，女，河北保定人，现居北京市海淀区。工学博士后、教授，研究方向为航天宇航技术、人工智能、工程可靠性。中华诗词学会高校工作委员会副主任兼秘书长，北京诗词学会副会长。

2023.11.2 星期四

癸卯兔年
九月十九

◎胡晖艳

惜黄花慢·过汉阳陵有感

蓦然秋矣。看草木渐黄，风尘犹紫。为问疏狂，不妨落日山河，漫说汉家身世。我今凭吊上高楼，惜厚土、经年弹指。数千里。累冢掩埋，松柏能记。　　烽烟总在城池，折王气、未及黎民生死。梦寐难安，但随战马衔枚，匝地见多荆刺。中原何主意何休，赴阡陌、旌旗余几。寻故垒。淡入岁时滋味。

玉京秋·过陈平墓有感

关下月。千年独凭眺，玉京城阙。苑树栖鸦，御阶覆草，龙池啼血。春去秋来意绪，况今朝、山水更迭。聊披拂。世间风雨，总羁情切。　　欲说平生堪结。且随缘、尘中置设。进退犹疑，穷通安肯，初心磨折。昨夜怜星，怯梦远、身后清霜如雪。照圆缺。梧叶轻黄细阅。

胡晖艳，网名小鹿－哟哟，中国大陆出生，现为新加坡籍。2017 年 9 月开始尝试写作近体诗和填词，在各大平台发表作品。

2023.11.3　星期五

◎莫真宝

登鹳雀楼赋河水

黄河从此远，天地吻痕深。
偶折依山势，长怀入海心。
御风开野雾，穿坝起雄音。
逝者如斯也，登楼思不禁。

过灵峰观

寂寂三清殿，丹墀绕紫烟。
苔痕鞋底绿，鸟影眼中穿。
欲就神仙问，谁知锁钥悬。
长生不可得，惆怅白云边。

莫真宝，湖南常德人。中华诗词研究院学术部副主任，中华诗词学会常务理事。

2023.11.4 星期六

癸卯兔年
九月廿一

◎张明新

子 陵 滩

七里沙洲七尺台，人心岂许白鸥猜。
羊裘反着桐江上，不信君王钓不来。

过 秦 淮

岸上桃花映酒舷，有歌不独后庭声。
秦淮无限胭脂水，曾是香君血染成。

张明新，微信名牧翁，山东省齐河县人。中华诗词学会、山东诗词学会、北京诗词学会会员。

◎李方明

巴山大峡谷

峡谷幽深一线通，汤汤碧水自流东。
世间多少风云客，曾困低端夹缝中。

戊戌三月飞泉州途中

平生难得碧空行，仙界人间两不清。
幸有白云充向导，一团相送一团迎。

李方明，四川省达州市达川区史志中心副总编，中华诗词学会会员，四川省诗词协会会员，达州市作协会员，达州市戛云亭诗社副社长。

癸卯兔年
九月廿三

◎左哲夫

春到苏家河

高楼雾里树沿河，窗鸽枝莺不尽歌。
瘦蕾三千攀细柳，闲看凫弄一池波。

满庭芳·黄陂湖

东顾山岚，棋盘灵秀，波光摇落星辰。雁惊苍鹭，秋钓共湖神。百里堤龙欲去，断声喝、邀汝安民。芦滩外，谷黄千里，绿树掩楼村。　　将千年记忆，文翁洗笔，公瑾操军。战功伟、筱轩家在湖滨。风景当今正好，莫辜负、田退湖新。登桥叹，青春还我，当去剪风云。

左哲夫，合肥庐江人。中华诗词学会会员。

◎陈丽娟

秋　旅

望远山含黛，烟林隐隐红。
嘉禾侵紫陌，流水带清风。
采得黄花淡，行来素袖空。
归途尘与雾，尽散白云中。

深圳看云

雾气蒸腾上晓天，乘风来去任飞旋。
携来浓露播红雨，俯向长波卧白莲。
昨日繁花何处在，今宵明月几时圆。
红尘起伏苍茫里，几拭朦胧未了然。

陈丽娟，黑龙江人，现居深圳。现为中华诗词学会会员。

2023.11.8 星期三

癸卯兔年
立　冬

　　立冬，二十四节气中的第十九个节气，也是冬季的起始。于每年公历 11 月 7 日至 8 日之间交节。立，建始也；冬，终也，万物收藏也。立冬，意味着生气开始闭蓄，万物进入休养、收藏状态。其气候也由秋季少雨干燥向阴雨寒冻的冬季气候过渡。

◎赵化先

雁荡山春行

晓白千山出，春红浅复深。
群芳看不尽，看尽怕花心。

百福岩古村闲坐

白鹿初消疫，春花尚半存。
衣缁云去染，酒冷日来温。
未料揉琴地，曾经系马门。
江山应笑我，处处落诗痕。

赵化先，湖北孝感人。中华诗词学会会员，湖北省诗词学会会员，孝感市诗词学会副会长。

◎颜景凤

登白水寨遇雨

步入盘山道，沿途拍野花。
眼前崖溅瀑，脚下水飞霞。
忽见黑云至，翻怜阵雨斜。
莫言不登顶，何惧湿衣纱。

天净沙·游白水寨

高山流水飞花，蓝天几片云霞。栈道直通翠崖。登阶汗洒，三千尽洗铅华。

颜景凤，江苏沭阳人。某央企退休。系中华诗词学会会员，湖北诗词学会会员，广东诗词学会会员。

◎潘可法

过武阳怀刘伯温

金风习习玉生凉，庙外莲残桂子香。
满腹高才锄暗主，一身正气辅明王。
以民为本颁仁政，因慎知廉固国疆。
回首桑田沥心血，夏山野草永流芳。

游 漓 江

漓江绮色誉瀛洲，余近七旬偕内游。
千笋奇峰依水转，一川澄练绕山流。
木樨旖旎风吹岸，银杏婵娟云满畴。
我愿州官勤政绩，青山绿水续悠悠。

潘可法，温州市龙湾区人。民营企业主。现为浙江省诗词与楹联学会会员，温州山水诗研究会理事等。

◎邵玉婵

定风波·秋日暮山行

日暮孤亭笼薄纱，风惊老树起寒鸦。旷野凄声魂欲断，堪叹，夕曛无计挽飞霞。　　幽径荒林空自语，归去，奈何山月各天涯。更恼流年多疫困，休问，蟾宫桂酒倩谁家。

永遇乐·立秋日偕兄妹游香港大榄千岛湖

南粤初秋，骄阳似烤，汗蒸如雨。久别重逢，异乡邀约，向野寻幽处。鸣泉汩汩，白云袅袅，细听松涛鸟语。徐行至、青峦峰顶，放眼烟波吐。　　群山含黛，千岛浮碧，离落鸥栖洲渚。北眺鹏城，南临维港，徒惹些愁绪。金稔轻摘，童年浅记，聊慰飘萍羁旅。苍茫里、斜阳照水，流光不住。

邵玉婵，女，1968年生，广东深圳人。深圳市四海情诗社社员。

2023.11.12 星期日

癸卯兔年
九月廿九

◎周小雄

乡村谷雨漫题

江南无处不飞花，三月春光别样嘉。
莫道蓬莱仙境美，人间画里有犁耙。

赣江之春

莺飞蝶舞绕江亭，碧水蓝天入画屏。
近岸丝条千丈翠，远山花气万峦馨。
沙滩旧舫悬渔网，渡口新桅挂玉铃。
一序滕王高阁后，落霞孤鹜总心铭。

周小雄，修水县农业银行退休干部，文学爱好者。中华诗词学会会员，江西省诗词学会会员，山谷诗社社员。

◎卢龙华

青云谱梅湖八大山人景区踏雪寻梅有寄

不羡溪山去，来寻芝圃幽。
临流欣认影，入霭愿迷头。
瑶蕊思千点，清光遍九州。
一枝聊且寄，犹待啸登楼。

庚子秋初至百丈山居

劫后湖山倍可亲，重来百丈却车尘。
偶闻钟磬怜留影，或对秋虫叹转轮。
用世终成名利客，斋心宜养水云身。
南华经卷闲中释，便有烟霞落比邻。

　　卢龙华，女，字心斋，网名楚儿。江西省诗词学会女子工委会副主任，南昌市诗词学会理事，南昌市楹联家协会理事等。

2023.11.14 星期二

◎虞晓刚

鹿岛戏水

海天一碧水生寒，酷暑乘凉逐浪欢。
沉醉涛声难自拔，残阳散作洗心丸。

南鹿归航

夏游南鹿暑天凉，冲浪沙滩接混茫。
入夜归航风乍起，全程摇晃又何妨。

　　虞晓刚，浙江东阳人。高级会计师。现供职于浙江鼎盛交通建设有限公司，业余爱好诗词与戏曲。

◎祝红星

从省政府文史研究馆诸公赴铅山葛仙村调研

雨后共幽寻，遥闻钟磬音。

松风迎远客，山色上轻襟。

鸟啭闲中意，泉流物外心。

仙踪何处是，万壑白云深。

壬寅夏登明月山

峰峦倚翠出重霄，姑射仙人或可招。

一径松林盘石大，三时云海荡胸遥。

湖光分影浮天地，涧瀑长歌贯暮朝。

野鸟啼花能几度，更添佳思涤烦嚣。

祝红星，女，江西上饶人。江西省诗词学会女工委主任。

2023.11.16 星期四

癸卯兔年
十月初四

◎杨 子

壬寅七夕前三天瀛洲山人铁林两位诗兄陪同游上饶铜钹山

岂负佳人约，行屐腾云发。游兴正酣酣，铜钹山门越。清风沁心脾，淑气沁肌骨。极目望寿峰，羊角更奇绝。武夷跨三境，茫茫天地阔。险峻木城关，防固真如铁。残垣古道边，恍见旌旗烈。飞将猛如虎，守护汉唐月。径转霞客路，蹇步石涯折。勇攀白花岩，昂首朝天阙。一任白云浮，远岑似仙列。梵音广福传，般若千年佛。庇佑红军崖，俯仰敬先烈。此处埋忠魂，山花色如血。九仙湖静默，碧水自莹澈。山水齐缅怀，俱感五内结。难忘鹊桥谷，共迎七夕节。天上或人间，有愁有欢悦。随缘聚又散，莫怨匆匆别。挥手自兹去，随梦忆出没。

鹧鸪天·游宜春明月山

华木莲开岭上春，几回谢屐踏浮云。凌空时鸟鸣相近，绕雾危栏辨不真。　　风旖旎，气氤氲。谷悬飞瀑涤无尘。多情最是湖光影，留醉山崖月一轮。

杨子，女，网署紫玥，江西宜春人。江西省诗词学会女工委副主任，宜春市曲赋学会副会长兼秘书长，宜春市诗词学会副秘书长。

◎董小冰

题广州塔

钢身劲插白云中，脚踏珠江谁敢同。
南越王风君复就，乾坤朗朗藐群雄。

广州地铁怀感

动静如龙纵复横，穿梭城市送人行。
悉知南北东西路，见惯多情与薄情。

董小冰，女，1983 年生，山东省济宁市金乡县人，现定居广州。中级会计师，系广州叁人行健康产业有限公司合伙人。现为中华诗词学会会员、广东楹联协会会员。

癸卯兔年
十月初六

◎王金梁

陌上花·五奎山

新晴骤雨，层层叠叠、葱茏烟树。五岭晨晖，点染万千村户。翠林金瓦红墙错，且隐隐经声煦。伫瑶台放眼，连云青碧，水山无数。　　寄凌云塔上，太虚幻境，销尽思愁情旅。谁倩斜阳？挥洒带霞秋暮。一弯镰月踞檐角，眉首敛听心语。有菩提尾拂，镜台尘垢，几人能悟？

蓦山溪·秋暮海龙湖

寒霜减翠，岸草书黄萎。枫叶落红残，拢一丘、焉从飘坠。怅然抛却，抬眼望南天，秋日馁。清照暑，懒渡平湖水。　　披风长啸，酣吐脘中垒。过了拱廊桥，欲沽酒、澜堂正对。曲蹊深院，吟唱抚樱唇，情动处，京韵味，几把湖山泪。

王金梁，网名夜雨秋江，吉林省梅河口市人。梅河口市诗词楹联学会会员，吉林省诗词学会会员。

2023.11.19　星期日

◎刘冲霄

西江月·弱水河畔

放目东皋凌晓，净心西海听潮。余波无力履逍遥，济渡迢迢舟小。 冷暖知如鱼饮，天涯谁赠绨袍。乱聊华发弄长箫，一曲沧浪人老。

八声甘州·过赤壁

任客船晴晓泊黄州，却独自倾壶。熨胸中落寞，飞楼断岸，眼底无余。莫惜萧萧鬓发，许意懒才疏。衣袂江风举，天地清虚。 多少闲山散水，笑阿瞒弄巧，名让幺孺。更坡翁词调，行径拟雄图。算如今，质非文是，鏊流云、维系叹能无？三千尺，此间残壁，心迹难书。

刘冲霄，1958 年 10 月生，山东省桓台县人。退休教师。中华诗词学会会员，山东省诗词学会会员。

2023.11.20 星期一

癸卯兔年
十月初八

◎万华林

家山即兴

一记新雷万木苏，杭山秀水掠飞凫。
阿婆问道仙姑寺，野叟垂纶抱子湖。
十里菜花尽香海，一河烟柳绘春图。
催耕布谷声声急，少壮他乡把酒沽。

重登土龙山次韵乡贤朱之麟《青龙山》

湘赣边陲玉宇清，青龙今冠土龙名。
高中饿肚伐薪忱，岁末淘金绝鸟鸣。
人去洞空余乱石，林光田毁复难耕。
欣闻志士图开发，携友登高望上京。

万华林，1961年1月生，江西修水县人。中学高级教师，修水县关工委副主任、山谷诗社副社长。

◎陈晓军

北山荷花

花好何需百亩塘，青山脚下著风光。
车喧无碍清波静，世浊偏闻雅韵香。
袅袅芳魂萦绮梦，田田绿盖染华章。
生涯若许扁舟近，直欲裁来作芰裳。

游长白山

三省绵延似戍关，嵯峨路险引登攀。
根能入罅花凌壁，时已经春雪覆山。
一览峰遥天远大，千阶力尽径回环。
重游惜我劳筋骨，自叹年来眼界宽。

陈晓军，女，网名若水，四川彭州人。中华诗词学会会员。

2023.11.22 星期三

癸卯兔年
小　雪

　　小雪，二十四节气中的第二十个节气，冬季第二个节气。于每年公历 11 月 22 日或 23 日交节。小雪是反映降水与气温的节气，它是寒潮和强冷空气活动频数较高的节气。小雪节气的到来，意味着天气会越来越冷、降水量渐增。

◎王景全

鲤鱼洲

东水悠悠日夜流，瞬时一渡到鱼洲。
蝉歌鹅曲迎宾客，在绿榕旁听晚舟。

东莞水濂山

南粤水濂山俊俏，钓台楼阁隐流泉。
鹧鸪林下悠悠步，苍鹭湖边淡淡眠。
暮鼓引来禅院客，玉桥渡取俗尘贤。
春秋重彩瑶池景，入画宁非恍若仙？

　　王景全，已退休，现居东莞。爱好诗词写作。现为中华诗词学会会员，东莞诗词学会会员。

◎高琼林

日登大罗山天河水库

天河爱人间，留在罗山巅。
君欲时登攀，畏难须赧颜。

天河水库夜摄漫吟

寒气初生银汉清，紫天无垢入冥冥。
凌波神镜对空照，摘取牛郎织女星。

高琼林，温州龙湾人。现为温州市第八高级中学党委书记兼校长。

2023.11.24 星期五

癸卯兔年
十月十二

◎郭跃明

乐居山村石洞口

门前庭院聚村娃，桂树圆盘近我家。
前夜鲜斟红曲酒，后山常见紫阳花。
清闲自在忠名好，雅性舒心正气加。
最喜乡间多美景，频吟新句品新茶。

洞仙歌·郭宅九石洞美景

青山如黛，烟霭峰尖绕。虚幻迷离听啼鸟。半山腰、九石佛洞神灵，寂照处，多少亭台寺庙。　　小桥飞涧过，南北通衢，时见奇峰怪形貌。试问夜如何，希望光敷，应佑我、诸天春晓。瀑飞溅、一泓碧波清，觅踪影、空蒙翠林幽峭。

郭跃明，1960年出生，浙江东阳人。从事建筑行业40余年。东阳市石洞书院联合发起人、监事，兼任中国百家文化网传统文化研究院副院长、东阳市诗词楹联学会会员等。

◎田幸云

游横岗山云盖寺

横亘山前问太空，不知云盖可轻松。
岩边古树如僧瘦，殿上高香比酒浓。
大士捻珠醒鹤梦，小徒把帚扫云踪。
恍然我亦蓬莱客，来撞神仙醒世钟。

行香子·游天堂寨龙潭河

跃上苍穹，骋目凌风。登绝顶、我即成峰。纵观吴楚，思越衡嵩。
看云吞雨，雾吞路，气吞虹。　　巉岩高耸，野花怒放，杜宇啼、碧
水淙淙。浪桥横渡，飞瀑凌空。赞天留画，画留我，水留龙。

田幸云，女，湖北蕲春人。现为中华诗词学会、湖北省诗词学会会员，东坡
赤壁诗词社理事等。

2023.11.26 星期日

癸卯兔年
十月十四

◎吴凯春

步韵遵和吴长庚教授陪
邹自振教授游武夷茶博园

风驾白驹东海来，武夷茶道拂尘埃。
一言尚鼓吟声嘡，三夕同倾绮席开。
曾究红楼记槐梦，常携青简有鸿才。
延陵之士饶州隐，铜钹云林隔楚台。

水调歌头·鄱阳观雁

戊戌小雪后两日与抚州诗词楹联学会诗兄赴彭蠡泽采风

　　谁倾千顷水，浮碧濯青天。望中湖泊初见，螺髻白沙间。正挈江湖鹤梦，忽讶仙人引路，沧海变桑田。借我一支笛，吹荡玉琼烟。　　笑声盈，吟筇转，弄影寒。香罗粉脸轻摄，留作美中篇。不说饶娥故事，只约潜鱼飞雁，欢与日西偏。休说衰翁老，欲比谢公肩。

吴凯春，女，江西抚州人。江西诗词学会女工委副主任兼秘书长。

2023.11.27　星期一

◎刘艳红

南歌子·春雨中游象田

绿涨流新翠，云山雾失腰。潇潇春雨洒溪桥。偷得浮生半日、任逍遥。　入画诗心醉，行吟响九霄。春游肆意步招摇。耕作湖溪田美、羡渔樵。

卜算子·游磐安灵江源景区

天连绿壑松，水挂群峰舞。千万游人云际行，自在飞花树。　才送雪归来，又揽春归去。身在江南举目春，枕水和春住。

刘艳红，安徽人，80后，定居浙江东阳。设计师。浙江省诗词楹联学会会员，金华市诗词楹联学会会员，东阳市诗词楹联学会会员。

2023.11.28 星期二

癸卯兔年
十月十六

◎田　琦

大罗山所见房事漫兴

虎年暮夜识风狂，喋喋人言月正黄。
谁道黉门重才士，不如猫狗有专房。

自题高山闲听松涛图

翠壁青松谁自迎，春深万里一前行。
何当千尺白波外，泻出人间日夜明。

田琦，斗门人。旅京书画家。

2023.11.29　星期三

◎陆永乐

欣悉温州山水诗研究会成立
大会顺利召开步陈会长元玉有作

风云自天下，先路导余知。
纸贵吾何敢，江滨幸识诗！

登屿山感吟一绝

千万休夸翠欲流，此间黄白日前求。
写诗人伙真诗少，徒向风中问九秋。

陆永乐，70后，东嘉人。公务员，喜写小说与诗词。

2023.11.30 星期四

癸卯兔年
十月十八

◎霍有明

游长安城南桃溪堡

韦杜市喧外，氤氲现古庄。
柴门萦竹径，碧水满横塘。
飞鸟自随意，游人欲尽觞。
红英纷落去，何处忆崔郎？

自注：传桃溪山庄即为唐·崔护《题都城南庄》诗作故事之发生地。

雪霁南山访隐士未晤

石径嵚崎野水淙，寒林玉砌挂奇凇。
幽人深谷阒无迹，知向终南第几峰？

霍有明，1953年12月生。现为陕西师范大学教授、博士生导师，文学研究所所长，日本国立信州大学客员教授，上海复旦大学中国古代文学研究中心兼职教授。历任湖南省诗词学会常务理事，陕西省诗词学会副会长。已出版《清代诗歌发展史》《论唐诗繁荣与清诗演变》等。

◎周逢俊

夜 宿 林 坑

一涧双流峭壁间，高岩妙筑夺天关。
层楼对峙幽篁掩，小径分铺古柏环。
占得清风诗与月，争休浊绪画和山。
悠听万籁怜宵枕，几作悲欣几泪潸。

临江仙·秋夜闻雨

入夜雨风听不懂，寻愁到晓难凭。庭前花木绿盈盈。细看梢处，无意识秋声。　　错失良辰风月转，匆匆哪得闲情。流光无奈渐寒生。垂帘不住，落叶小虫鸣。

周逢俊，别名星一、与青，斋号松韵堂、庄房别馆。中国美术家协会会员，中华诗词学会会员。清华大学美术学院高研班原导师，北京师范大学山水画高研班导师，安徽省美术家协会副主席。现为北京师范大学启功书院艺委会委员，安徽省美术家协会顾问，安徽省中国画学会副主席等。

2023.12.2　星期六

癸卯兔年
十月二十

◎姚泉名

游普陀山

巨壑望无极，随舟净域来。
鲸波孤岛出，山寺百门开。
人自求家福，谁曾识佛哀。
太平僧易贵，海雨落亭台。

谒骆临海祠

2023.12.3 星期日

落日压城晚，古樟环阁多。
众山黄有叶，片水镜无波。
立阵惊传檄，游人乐诵鹅。
不知来往者，千载解君何。

姚泉名，号涿庵，湖北武汉人。中华诗词学会乡村诗词工作委员会副主任兼秘书长，湖北省聂绀弩诗词研究基金会代理事长。著有《王羲之行书集字春联》《曹全碑隶书集字春联》等。

◎楼立剑

南明山石梁

零风碎雨洗苔斑，识字人来云自闲。
莫问秋山高几许，一梁厚重压群山。

雨里登应星楼

山影参差夜色清，秋凉洗出处州城。
瓯江表里新灯火，照见诗心半透明。

楼立剑，1968年生，浙江义乌人。自由职业者。浙江省诗词与楹联学会副会长，金华市诗词楹联学会副会长，义乌市诗词楹联学会会长。

◎周咏平

登罗浮山

蝉声开晓色，素月照寒山。
古塔浮华尽，春潮去又还。

久雨放晴约友遊春有感

人爱春台好，寻幽槐柳间。
溪山知我意，喜作水潺潺。

周咏平，1966 年生，浙江永嘉人。现为中国美术家协会会员，温州山水诗研究会会员等，兼任俄罗斯彼尔姆国立人文师范大学特聘教授。

2023.12.5 星期二

◎张维松

瑶溪钟秀园老梅

腊月寒枝无叶芽,满园梅树独开花。
红红一朵向谁献?只为春来报万家。

游凰岙旗鼓山

一提凰岙尽人知,妙赏风光每恨迟。
千载晨钟千座佛,五峰龙脉五行旗。
塔朝东海镇狂浪,寺望南山呈妙姿。
宋帝唐皇何处去,张王古墓共天时。

张维松,1949 年 12 出生,温州市龙湾区人。浙江省诗词楹联学会会员,温州山水诗研究会会员。

癸卯兔年
十月廿四

◎刘　斌

谒乐山大佛

云卷云舒自淡然，炎凉世态阅千年。
问禅谁识三江水，月影摇波缺又圆。

烛影摇红·游泰顺明山寺谒"滴水观音"

古寺名山，禅音梵呗香烟袅。飞檐拱柱殿巍峨，三面环山绕。　　好
洗尘心悟道，丈六身、钟山再造。净瓶杨柳，滴水慈悲，佛光普照。

刘斌，湖北天门人。曾从教 10 余年，后从政为公务员至退休。现为中华诗词
学会会员，湖北省中华诗词学会、楹联学会、散曲分会会员，天门市诗词楹联学会
会员。

癸卯兔年
大　雪

大雪，二十四节气中的第二十一个节气，冬季的第三个节气。于每年公历 12
月 6 日至 8 日交节。大雪节气是干支历子月的起始，标志着仲冬时节正式开始。
是反映气温与降水变化趋势的节气，它是古代农耕文化对于节令的反映。大雪节
气的特点是气温显著下降、降水量增多。

◎程良宝

题月牙泉

圣水成泉故事神，佛陀到处种禅因。

信知荒漠半轮月，能照人心真不真。

古城看秋

一入都城一望愁，车流躲过躲人流。

佳肴食久终伤胃，美景看多犹累眸。

小寨之中无小寨，高楼以外是高楼。

红尘哪片芳菲地，能够从春香到秋。

　　程良宝，自号桥山柴人，别署心叶无形，鄂人居陕。务过农、做过工、当过兵、从过政，现已退休。出版专著多部。系中华诗词学会会员，陕西省诗词学会常务理事，黄陵县诗词楹联学会会长。

◎陈康飞

楠溪春游所见

溪村如画里，何必觅桃源。
龙岫飘岚雾，山坡辟蕊园。
春江飞燕闹，花岸丽人繁。
谁问农家乐，声喧迎客轩。

洞 头 行

霓屿坦途连鹿邑，疏疏百渚觅通途。
篱花路转迷人眼，民宿旗飘叩我壶。
客至金滩寻野趣，风催大浪泛轻舻。
荒汀故迹今安在，文旅开篇换旧图。

陈康飞，1951 年 5 月生，永嘉人。中学高级教师。现为永嘉县瓯翔学校校长。系中国农工民主党党员，温州山水诗研究会会员。

◎许日辉

壶口瀑布吟_{（三首选二）}

其　一

水雾蒸腾五彩妍，银花雪浪挂前川。
飞流直泻雷霆吼，万里黄河生紫烟。

其　二

瀑布如雷震九天，飘飞白练彩虹连。
黄河恰似冰花落，水急奔流壶口边。

　　许日辉，别称辉叔，1962 年生，广东省阳江市人。专业会计师，从事印刷业务。曾任阳江市政协委员、阳江市社科联副秘书长、阳江市印刷协会副会长、阳江市收藏家协会副会长、邮展工作委员会主任等。

癸卯兔年
十月廿八

◎贺如熊

米脂秋望

谷穗低垂又一场，高粱饱满溢清香。
千山远眺新秋色，半是红来半是黄。

行香子·大美米脂

无定河边，塞上桃源。银州里、尽显人欢。得天独厚，虎踞龙盘。闯王传奇，志传递，事传宣。　　连绵陌上，香甜粟米，秀山川、阜物丰年。貂蝉故事，月下常言。古县人美，前人爱，后人怜。

贺如熊，网名冷月寒狼，陕西省米脂县人。现供职于米脂县农业农村综合技术推广站。中华诗词学会会员，米脂县诗词学会理事。

◎刘大伟

锦江大峡谷

罡风拂旧痕，瘦骨独嶙峋。
为诉沧桑事，峰开两片唇。

东海渔村

晶莹宝坠石村边，远近高低片片连。
碧绿海天涸一色，难分渔舍与渔船。

　　刘大伟，吉林省通化人。曾任《英语辅导报》总编辑、编审。吉林省非遗项目"长白山民歌"代表性传承人。中国翻译协会专家会员，中国文字著作权协会会员，吉林省作家协会会员。吉林省第十批"有特殊贡献的中青年专业技术人才"。

◎商洪玉

青玉案·媚香楼怀古

秦淮河上波光暮，竟不见、芳魂渡。玉骨冰心归那处！山河几易，露华谁主，只有妆楼故。　　桃花溅血香风吐，才子空吟断肠句。扇底情丝飞柳絮。满城风月，六朝烟水，亦把红颜妒。

高阳台·过忻州貂蝉陵园

汉祚将颓，山河欲碎，令谁可补天回？一瓣心香，遥闻祷月人悲。庙堂皆是簪缨客，忍凭他、弱女戡危。更谁怜、底事当年，梦断云飞。　　家山岂必留青冢，怅陵田夕照，几处残碑。悄掩风流，千秋闭月人违。料应怕认天庭路。引温侯、画戟重挥。叹空余、眼底青山，画里蛾眉！

商洪玉，笔名北鱼，1954年生。先后就职于党政机关和企业。系中华诗词学会会员，淄博市诗词学会理事，桓台县吟诵学会会长、桓台诗词学会常务副会长。

◎戴林英

横阳支江初夏

小荷擎盖柳垂堤，人过凉亭碧水西。
忽有新莺初试啭，一声高罢一声低。

江城子·白蘋州采风见大雁飞过

山青雨霁荻花秋。朔风收，夕阳留。水碧沙明，鸿雁过汀州。携客前来诗助兴，欣作赋，上层楼。　楼中醉望美人眸。翮悠悠，笔悠悠。天地空冥，忘却世间愁。便是余声还切切，萦耳际，是温柔。

戴林英，网名玲珑，浙江省温州市苍南县人。诗词爱好者。系温州山水诗研究会会员。

2023.12.14 星期四

癸卯兔年
十一月初二

◎李容艳

冬日长白山天池

冰縠封天镜，悬峰四合严。
若非春试手，哪得启妆奁。

岳阳楼路上拾句

透隙寒晖画径幽，湘风裁叶扑肩头。
鸟儿已惯诗人访，啾唧枝间问乐忧。

李容艳，曾用名李蓉艳，网名玉湛清秋、丸都月儿、卷帘人等，吉林省集安市人。古诗词爱好者。

◎沈旭娜

桂殿秋·芦雁南飞

芦照水，雁思归。青山影淡自低回。浮花已负春前约，独与秋风缓缓飞。

八声甘州·春日游杜湖

正青山坐拥碧湖春，玉界纳耕烟。认鱼凫戏浪，莺梭织柳，恍似当年。拍岸涛声未已，萍散总无端。几片红香落，偶缀吟肩。　　悄立斜阳芳草，渐游人归去，鸟入林峦。剩飞飞蛱蝶，枝上自留连。想明朝、一声鹈鸠，怕重来、花气遏轻寒。凋零梦，把前生债，今世清还。

沈旭娜，字晓存，号东亭，笔名樵风，女，1972年生，浙江慈溪人。

2023.12.16 星期六

癸卯兔年
十一月初四

◎胡　玫

沈园陆游像前

草木无声鸟欲喑，轻扶手臂感心音。
情伤一道深如许，已自宋朝疼到今。

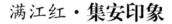

满江红·集安印象

　　塞外江南，一幅画、画中有我。飞来石、洞天皓月，光阴横卧。悬佛一尊当世隐，瀑声几许邀人过。莫流连，又抚大王碑，听新课。　　将军冢，坚如磨；千秋墓，浑如垛。有些些壁画，舞姿婀娜。坝抵云峰鸭水阔，春催厚土杜鹃火。约东风，天地架虹桥，长无锁。

　　胡玫，女，吉林通化人。中华诗词学会会员，中国楹联学会会员。

2023.12.17　星期日

◎黄春华

雾　凇

水暖天寒冰作胎，莹莹玉蕊雾中开。
此身只在清凉界，不染凡尘半点埃。

沁园春·游磨盘湖得句

烟络横林，鹭羽翔空，沁绿磨盘。似桃源处子，真纯若雪；瑶池浣女，影倩如莲，塞外幽居，大荒独处，静守冰心无怨烦。风轻掠，更霞披锦绣，鱼跃悠然。　　弃舟登岸流连，向湖岛深潭问道缘。见云松雾桦，不争不媚；稚童老叟，时戏时闲。贤士吟风，名媛照水，紫陌红尘一瞬间。思万象，纵斟今酌古，不负婵娟。

黄春华，1963 年 10 月生，吉林省长春市人。历史学教授。现就职于吉林省教育学院。系长白山文化研究会副会长，吉林省诗词学会副会长。

2023.12.18 星期一

癸卯兔年
十一月初六

◎周文孝

古村含翠

雨洒幽窗溢古溪，香樟送响隔村西。
虬松叠叠栖孤鹤，茅舍声声唱晚鸡。
最是云开山翠露，恍从风急浪痕齐。
霞光返照芦塘顶，双燕翻飞尽可栖。

重游花园村

结伴畅游三进门，空前巨变竟难言。
铜箔锂电攻坚好，生物高科举世尊。
红木长廊连道路，老汤金腿誉乾坤。
何时僻壤呈奇迹，无愧中华第一村。

周文孝，1952年生，东阳巍山芦塘村人。曾入伍，退役后在上海铁路局金华站工作。喜爱写作，出版专著二本，被铁路局聘为政工师。现为中华诗词学会会员，金华诗联、东阳诗联会员。

◎暗香疏影

雨中游象鼻山（二首录一）

烟雨訾洲隔岸望，象山水月两茫茫。
鼻长堪汲漓江水，好使涓涓溉四方。

忆旧游·过圆明园遗址

又几番潜送，寸碧遥岑，一点氤氲。小苑摇荷影，叹残垣断础，尽诉灰焚。不见旧宫桃李，秋色若相嗔。渐凉骨西风，沾衣木叶，都向黄昏。　　游人。算须省，幻曲廊错落，玉笋嶙峋。烟柳销凝处，共洞天明瑟，水法殷殷。而今寂历如许，千载覆寒云。倩谁与登临，澹阴落寞看旧痕。

自注：水木明瑟、大水法，都是圆明园景点。

暗香疏影，原名于方，生于冰雪之乡，客居京城，从事教育行业。

2023.12.20　星期三

◎王大庆

天台石梁

杖藜乘兴赤城霞，此去金庭路已赊。
四顾松声驰骇浪，半开岩壁隐山家。
客惊悬瀑衣襟湿，寺挟飞梁雾露遮。
红紫野荠时点缀，重来莫误记桃花。

二次宿龙泉夜探华严塔皆失路误
至稽圣寺忆旧年往事恍如咋日

东坡旧迹古江堤，清景双分碧玉溪。
隔岸星华垂柳静，连城夜色卧云低。
滩声依约蛩声远，灯影婆娑塔影迷。
二度重来惊老眼，他年曾到大桥西。

王大庆，1970 年出生，浙江嵊州人。绍兴市书法家协会与美术家协会会员，现为嵊州市职业教育中心美术教师，嵊州市书法家协会与美术家协会会员。

◎陈　生

读谪仙《北风行》忽知燕山今年无雪花矣

何人瓯越按红牙，左右心神黄白夸。
莫问燕山今不雪，天边我望发春花！

重过红联北村及其左近文慧园旧寓慨然有作

眼前两寓一无词，红绿心中复百思。
写字莺花人梦冷，赋诗鸡黍此情痴。
飘摇梗泛春堪惜，辗转蓬征夜忍知。
今日只身窗外过，黄鹂怜我噪寒枝。

自注：红联北村与文慧园在西直门附近，此余旧日寓处也，共住四年许。

陈生，永嘉人居京。著有诗集、小说和评论若干。

2023.12.22

星期五

癸卯兔年
冬　至

冬至，二十四节气中的第二十二个节气，也是中国民间的传统祭祖节日。冬至是四时八节之一，被视为冬季的大节日。在古代民间有"冬至大如年"的说法，冬至习俗因地域不同而又存在着内容或细节上的差异。

◎王伟刚

苍岩古村改造偶感

古井街衢百代秋，一朝春雨影无收！
花开两岸寻残照，人望孤桥起别愁。
映水青山虽未老，归心故物却难留。
渔樵旧事随风后，明月何时再泛舟？

壬寅七月二十四日携诸诗友重游剡西百丈飞瀑（三首录一）

大伏清凉何处寻？西山石海见深林。
泉飞云顶从风落，客到桥边策杖吟。
野竹秋花无业主，游鱼蒲叶具凡心。
今来抛尽营生事，静听溪声如抚琴。

王伟钢，1973年4月生，嵊州市乾丰机械企业法人。嵊州市书法家协会会员、市诗词楹联学会理事兼青年工作部部长，绍兴市诗协理事。

◎陈建华

鹧鸪天·古堰小饮

古堰清秋对晚樽，黄莺剪羽叩重门。依稀鱼嘴喋香浪，甫夜流光送酒魂。　　如欲语，但无痕。遂成一曲未曾闻。怜君小字声声脆，未到蓬莱月已昏。

自注：鱼嘴，都江堰金刚堤首，将岷江分为内外江。

2023.12.24

星
期
日

祝英台近·北京潭柘寺秋行

正秋深，秋雁渡，十镜护秋浦。翠盖层峦，红叶胜花雨。古贤隐隐山中，担风吐月，冷眼里、风华谁主？　　石边觑。龙泉泓水盈盈，苍生济无数。望眼晨昏、三界痴人语：功名利禄缘因、来归何处？潭柘寺，带将愁去。

自注：十镜潭柘寺乃华严祖庭，有十镜交互之说；山后有二泉：龙泉、泓泉。

陈建华，网名常寂光，1967 年生，福建福清人。中水十六局员工。

◎乔术峰

摊破浣溪沙·江　居

　　小棹秋风一叶轻，渔家抖网逆潮行。几片芦花飞作雪，落沙汀。　　杯浅频邀船上月，灯红远望石头城。醉里不知涛拍岸，一声声。

唐多令·秋日晚晴

　　日暮远归鸦，江风送晚霞。喜新晴、意气双佳。几处炊烟轻袅袅，空林外、野人家。　　旧曲绕香茶，青灯暖碧纱。动情思、身在天涯。半掩柴扉人悄悄，待明月、照黄花。

　　乔术峰，网名曾经的夕阳，1978 年生，安徽省蚌埠市人。现为工人。

◎金永先

长白山天池

曾经地火灼蛮荒，鬼斧深雕砚一方。

无限湛蓝研作墨，倩谁蘸取写苍茫？

古　夔　州

巴渝风物自多情，楚舵吴樯浪里行。

岸作雄关惊鬼斧，门依北斗掩诗城。

峥嵘难仰武侯志，璀璨长标屈子名。

厚土高天多国士，独行特立振英声。

　　金永先，1971年11月生，吉林省通化县人。现供职通化市人民检察院。系中华诗词学会会员，吉林省诗词学会理事，吉林省作家协会会员。

◎程纪之

溪山行即兴打油次山僧原韵

连日磨锥为画沙，临流小试叹年华。
无边细雨频相顾，润得溪山一树花。

中雁荡红岩背道宫听友人弹《岳阳三醉》

红岩背月映朝霞，一日修真山路斜。
昨夜酒中三历醉，白云岭上道人家。

程纪之，媒体工作者，东嘉琴社发起者。斫琴师。东嘉琴学推广者。

◎王 星

喀什拾趣（三首选一）

苍苍净宇挂冰轮，羌笛胡琴曲转新。
兴到酣时歌且舞，多情谁不是诗人。

绍兴咸亨酒店

咸亨酒店早翻身，出入名流满面春。
孔乙己今铜铸就，茴香豆卖有钱人。

王星，1959 年生。四川省自贡市疾控中心退休医生。中华诗词学会会员，自贡市诗词学会名誉会长。

2023.12.28 星期四

癸卯兔年
十一月十六

◎陈　永

过陈宜中研究会与诸宗亲谈事后口占一绝

烟雨客窗外，凌风说海滨。
自知千载后，一一识宗亲！

返家请家母弟妹舍妹等在农家乐
用餐后畅游楠溪江与书院等

水碧山青第一流，白云眼下乐悠悠。
未经书院神先旷，为有孝经心内求。
绿野事亲能几日，红尘解惑自千秋。
此生快意风前道：愿与家人乐胜游！

陈永，永嘉人。学者，诗人。

◎陈义门

途经杭州感吟

三春夜雨十分油，眼下凭谁话上头。
何憾相逢隔西子，一腔心事过杭州。

夜访国安寺石塔兼赠默行方丈

浮图九级外风雨，镇日松青柏自苍。
千载人间识千佛，敢言此后证沧桑？！

自注：国安寺初建于唐僖宗乾符年间（874—879），而今塔为宋哲宗元祐五年至八年（1090—1093）建，六面九级实心，原通高18米有奇，现残高为17余米。此塔系青石仿木结构楼阁式塔，塔下有须弥座雕刻精美，底层设回廊，塔身遍雕佛像，共计1026尊。

陈义门，傥居北京市。学者，诗人。已有多部著作面世。

2023.12.30 星期六

◎姚风云

卧铺车中闻报抵扬州因口占

京温两地说千秋，我自心中忆上游。
暮夜凭谁识面目？一从车里过扬州。

过故宫遇雨因作折腰体走笔次韵

左右吟眸客路迢，卅年一二此魂销。
今日失容雨声里，前门如梦识人潮。

姚风云，温州人。文化传承人和文化业从事者。每每写诗自遣。

2023.12.31　星期日

图书在版编目（CIP）数据

温州山水诗．2023年卷 / 阿袁主编．-- 北京 ：中
国文史出版社，2022.12
  ISBN 978-7-5205-3597-7

  Ⅰ．①温… Ⅱ．①阿… Ⅲ．①诗词－作品集－中国－
当代 Ⅳ．① I227

  中国版本图书馆 CIP 数据核字（2022）第 207190 号

责任编辑：全秋生

出版发行：中国文史出版社
地 　址：北京市海淀区西八里庄路 69 号 　　邮编：100142
电 　话：010 － 81136602 　81136603 　81136606 （发行部）
传 　真：010 － 81136655
印 　装：廊坊市海涛印刷有限公司
经 　销：全国新华书店
开 　本：787 毫米 ×1092 毫米 　　1/16
印 　张：24 　字数：380 千字
版 　次：2023 年 1 月北京第 1 版
印 　次：2023 年 1 月第 1 次印刷
定 　价：98.00 元